タァタとバァバのたんけんたい

3

小林玲子・作　牧野照美・絵

れんが書房新社

タァタとバァバのたんけんたい　3

もくじ

ケロケロ　ルルラ

「ねえバァバ、空がべとべとして、重《おも》い感《かん》じだね」
「そろそろ梅雨《つゆ》入りだわ」
「たんけんたいに行けないなァ」
「あら雨の日もいいものよ」
バァバはカサを持《も》って歌いながら踊《おど》ります。
若《わか》いころに観《み》た映画《えいが》『雨に唄《うた》えば』のメロディーが大好《だいす》きなのです。
♪シンギング　インザレイン　ラララー
「やめてやめて、ひっくりかえるよ」
タァタは耳をふさいで外へ逃《に》げ出しました。
♪ケロケロ、ケロル
　キャロキャロ、キャロル
遠くからかわいい声がして、だんだん大きくはっきり聞《き》こえてきました。
♪レロレロ、ルルル
　ロレロレ、リルラ
　ラリルレ、ラロル
　キャロ、キャロロ

ケロケロ、ケロル
　レロレロ、レルラ
「バァバ、ちょっときて！」
　タァタがさけびました。
「どうしたの」
　歌をやめてバァバはかおを出しました。
「えっ、おや、これなんの歌？」
　ふたりが声のする方に目をこらすと、みどり色のかたまりが、はねたりころがったりしながらこちらへやってきます。
　♪ウレシイナ　アメガフルフル
　タノシイネ　アメノナカロロ
「カエルだよ。きれいなアマガエル」
「あら、あら、あなたたち、そんなに雨がすきなの」
　♪アッタリルレロ
　キマッテルレラ
　ぴょんぴょんとびながら、バァバの『雨に唄えば』のメロディーでこたえます。
「わかった、わかった。とにかくきみたち、梅雨のくるのがうれしいんだね」
「ほらね、バァバのみかたができたわ」
「ぼくだって、そんなにきらいじゃないよ。葉っぱもつやつや光るし、花や草も、水がもらえてよろこぶしさ」
♪デショデショ　レルラ
ヤッパリ　リルレ
ナクテハナラルレ
アッタリ　ルレロ
キマッテ　ラルロ
高とびしながら歌います。
ポツリ、ポツリ、ポツポツポツ
「雨だ！　バァバ梅雨入りかな」
「むしあつさも、これでおさまるわ」
ふたりはかおを空に向けて雨を受《う》けました。
「きもちいいねェ」
♪ラララー　ラララー
ケロケロ　ケロロ
レロレロ　ルルル
ラリラリ　ルレロ
ロレロレ　リレラ

レロレロ　レラリ
ミズフエ　ルルロ
タマゴカエルレロ
オレラノキセツラロ
雨にぬれて、こくなったせなかの緑がてらてら光ります。
カエルたちは、うれしそうにはねまわっていましたが、いつのまにかどこかへ消えていきました。
「カエルがかえる、るるるるれ」
タァタがつぶやきました。
「カエルは、今タマゴをうむのよ。じき、池の中をオタマジャクシが泳《およ》ぎまわるわ」
♪シンギング　インザレイン
たまごがカエル
ラララーラララー
ふたりは歌いながら家の中に入りました。

すいすい浮《う》き船

「バァバ、メダカの池のホテイソウが咲《さ》いたよ。早く早く見てみて!」

えさをやりながら、タァタが呼《よ》びました。

「どれどれ、あら、きれい!」

小さな池に浮《う》いているホテイソウの花は、うすむらさきのかわいい花です。ラッパのような花びらの中に黄色のしんがあります。

池にはメダカたちが、ツイツイ、ヒラリとむれになって泳《およ》いでいました。

「ホテイソウの根《ね》っこに、卵《たまご》がついてるよ」

タァタは、体をのりだすようにして、
そっとホテイソウを持《も》ち上げました。

ホテイソウの花びらの中がキラキラッと光りました。

「あっ、なにか光った!」

「ええ、なにか光ったわ」

あちらでもこちらでもキラキラ光りだした池の中を、ふたりはのぞきこみました。

「わあっ!」

「あれェ」

ふたりは池の中に、すいこまれてしまいました。とてもきれいな水の中です。ふたりはジャ

ングルのようにのびているホテイソウの林の中を、メダカのようにツイツイ、ヒラリと泳いでいきます。

「タァタ、わたしたち、メダカになっちゃったのかしら」

「バァバ、だいじょうぶ。バァバのままだからね。しんぱいしないで」

「そうね。タァタもタァタのままだわ」

ふたりはとても楽しくなって、根っこの中を泳ぎまわりました。

「大きなメダカがむれているよ」

「わたしたちより大きそう。タァタにげましょう。食べられちゃうかも」

ふたりはジャングルに身《み》をかくすようにしながら、上へ上へ泳ぎました。

むれていたメダカは、さっきタァタがまいたエサを食べているようです。

「エサがなくならないうちに池の外に出なきゃ」

「なんて大きな池なんでしょう。いつもはあんなにちっちゃいのに」

「バァバ、もんくいわないの！　ぼくたちがちっちゃくなっちゃったんだから、しかたないよ」

「大きな風船《ふうせん》みたいな浮きぶくろがあるわ」

「ホテイソウのくきって、浮きぶくろなんだ」

ふたりはホテイソウのくきに、よじのぼりました。

「あら、たいへん！　メダカのむれがくるわ」

「いいことを思いついたよ。この船《ふね》に乗《の》って、逃《に》げよう」

バァバはポシェットからハサミをとりだしました。

「お船をいただきますよ」

風船にしがみつきながら、バァバがつけ根のところをパチンパチンと切っていきます。

タァタは、くきをよじのぼって葉の上に乗りました。

「バァバ、早く早く、メダカがそばまで来てる」

パチリ、大きな音がして、すうっと船が動《うご》きだしました。ゆらりゆらり池の上を流《なが》れていきます。

「どうやって池のはしに行くの?」

タァタがなきそうな声を上げたときです。ホテイ船が、波《なみ》をけたてて走りだしました。

『おおい、もっとみんなをよぶんだ!』

『かたまってかつぐんだよ』

『もうすぐ岸《きし》につくぞぅ』

船の下には、たくさんのメダカがむれて、かつぐように岸に向かって、船をおしていきます。

タァタとバァバは、船にしがみついたまま、あっけにとられていました。

『フフフ、メダカさんたち、やるわね。タァタとバァバにそだててもらってるものね』

ホテイソウの花が黄色のシンを光らせながらいいました。ふたりはうすむらさきのホテイソウに手をふりました。

センの風に乗《の》って

「この夏は残暑《ざんしょ》がきつくて大変《たいへん》だったけど、やっと秋がきたようね」

「ツクツクボーシの声も聞こえないよ」

タァタとバァバは、さわやかな風の吹《ふ》く庭《にわ》に立ってあたりをながめています。

少し白っぽくなった空気と、少し高くなった空にふたりは秋を見つけました。

「あの雲も、夏とちがうよね」

「夏は入道雲《にゅうどうぐも》や、おもちのようにふんわり丸い雲だったわ」

「もちもち雲をホウキではくと、あんなうすい雲になると思うよ。風ってさ、ホウキに乗《の》ってるのかなあ」

「フフ、風って、マジョかも……」

「夏の雲は、あんなに早く動《うご》かなかったよ」

「どんどん形が変《か》わるわね」

流《なが》れる雲は、リュウのかたちや小犬のかたちや、あれれ、小犬が細くのびて、ヘビになったりします。かたまりのはしがきれると、ウサギが生まれたりします。

「そうだわ、タァタ、自分の影《かげ》を見つめてごらん。そうそう、じいっと見つめるのよ」

明るい日ざしでできた自分の影を、ふたりは見つめました。

「それから、ほら、空をみてごらん」

「あっ、ぼくの影が空にうつってる」

「でしょ。おもしろいでしょ。バァバの小さいころは、よくこうして遊《あそ》んだのよ」

「自分の形の雲が、空に浮《う》かんでるみたい」

　タァタとバァバは、うれしくて、自分の影を見つめては、空に写《うつ》していきました。どんどん影がふえて、流れながらかたまって、タァタとバァバの姿の雲になりました。見つめているうち、ふたりは、すうっと空にすいよせられて、雲の中に入ってしまいました。

「雲になっちゃったみたい」

「庭のポプラが、あんなに小さいわ」

「どんどん流れていくよ」

「雲の小犬たちが、かけてくるわ」

「前を流れてるの、サンタクロースみたい」

「あっ、ふくろがきれて、タァタにくっつく」

「えいっ、とばしちゃえ！　あれ、サッカーボールになっちゃった」

「小犬たちがくっついて、クジラになったわ」

「あぶない！　バァバ、のみこまれるよっ」

バァバはひっしで、横《よこ》にせんかいしました。クジラはびゅうんと音をたてると、どんどん体がのびて、まんなかからきれて、頭の方は馬の形に、しっぽは魚になって流れていきます。タァタとバァバも、のびたりちぢんだりして流れていきました。

タァタが雲の体をくるんとまわして、高い空を見わたしてさけびました。

「バァバ、大発見《だいはっけん》！　見て見て、あれ」

タァタの指《ゆび》さす方にキラキラ光るものがありました。それは空をおおいつくすように広がっています。うすいシルクの布《ぬの》のようですが、よく見ると、細い細い銀色《ぎんいろ》の線《せん》でできていて、波《なみ》のように静かにうねりながら、流れています。それはふたりのまわりにも広がっていて、雲がふれると、バイオリンが小犬になったり、リュウがワシになったりするのでした。

「ホウキのしょうたい見つけたよ」

「風さんね。銀の糸で雲をはいているのよ」

「風の糸……線の風、ほら、フフフ千の風」

「ぼくたちもはかれて、ちがうものになるの？」

「バァバは、このままのバァバがいいわ」

「ぼくだって、ぼくのままがいいよ。どうしたらセンの風からにげられるかしら」

ふたりは下に向かって流れだしました。下には、見おぼえのある山と、ひとすじの川と、小さな町並《まちな》みが見えます。

「遠《とお》くへ流されたと思ったけど、またもどって来たんだよ」

「山や川が夕日にそまって、あかね色に光っているわ」

　そのうち、ふたりをとりまいていた銀の糸が、ヒュー、ヒューと、いい音を立てて鳴りながら、下へ下へおりていきます。いつのまにか、からだをつつんでいた雲が消えて、タァタとバァバはもとの庭に立って、空を見上げていました。

「ねえ、影からできた雲は、お日さまが弱くなると、消えてしまうんだね」

「ほんとね。また、センの風にのりたいわね」

　ふたりのまわりを、さわやかな風が吹きすぎていきました。

めぐりあいだね

「たきたてごはんは、おいしいね」

「新米《しんまい》は、やっぱりおいしいわ」

タァタとバァバは、ふっくらたけた、まっ白なごはんをおかわりしました。

「シンマイって、どうしておいしいの?」

「とれたてのものは、なんでもみずみずしくておいしいわ。お魚だってそうでしょ」

「魚市場《うおいちば》のおじさんが、いつもいってるあれだね。イワシのピチピチ、サンマのピチピチ」

「タァタじょうずねえ。魚屋《さかなや》さんになれるわ」

「ごはんのモチモチ! ぼく、ごはんやさんにもなれる?」

「だいじょうぶね。ごはんをたくさん食べてじょうぶなからだのおとなになれば、なんにだってなれるわ」

「でもさあ、バァバだってママだって、ダイエットっていって、ごはん少ししか食べないよね」

「天高く馬こゆる秋ですからね。おいしいものはえんりょしないわよ」

タァタとバァバの話は、はてしなくつづきます。

「さあ、こんどはおさんぽね」

バァバがポシェットを持《も》つと、タァタも黄色いぼうしをかぶりました。

♪たんけんたい、たんけんたい。タァタとバァバのたんけんたい

丘の上の家を囲《かこ》むように、田や畑《はたけ》が広がっています。ふたりは、野道《のみち》をおもしろいことが今にもおこるぞというように、わくわくしながら歩いていきました。

「まあ、もうこんなにヒコバエがのびてるわ」

「ヒコバエって？」

「イネなどかった切りかぶから、また新しい芽《め》が生えてくることよ」

「田んぼがみどりになってる。もういっぺんお米ができるの？」

「ちょっとむりね」

ふたりは、田のあぜにおりていきました。

パタパタパタ

チッ、チッ、チッ

たくさんのスズメがとび立ちました。

「わっ、ごめん。びっくりさせちゃったよ」

「落《お》ちぼを食べていたのね。どうりで、

うちの庭《にわ》がしずかなはずだわ」

「冬になると、田んぼに食べものがなくなって、庭にひっこしするんだね」

すうっと一羽のスズメがとんできて、チュチュッと鳴いて、タァタのぼうしにとまりました。

「ヒャア、バァバ、見て！　頭にとまったよ」

「あらあら、スズメさん、タァタのぼうしがおきにめして？」

バァバが手をさしだすと、スズメはチュッと鳴いて、バァバの手にとまりました。

「スズメって、人になれないと思ってたけど、このこは、いいこだわ」

バァバも大よろこびです。

『ぼくをわすれたの？』

スズメは首をせわしなく動《うご》かしながら、いいました。

「あっ、あのスズメくんだ！」

タァタがさけびました。

「まあ、タァタが助《たす》けたスズメさんね。元気《げんき》になって、なかまとくらしているのね」

スズメは見おぼえのある、半分切れたしっぽを、力づよく上下にふりました。

「春のころ、ネコが木の枝《えだ》にのぼって、小鳥をねらっていたんだ。子スズメがとんで来て、あっというまに、つかまえられそうになって」

『つかまった。しっぽをつかまえられて、もうだめと思ったとき、ドスンと音がして、ぼくは空に逃《に》げた』

「でも、羽にけがをしていて、下におりてうずくまってたから、バァバに、きずの手あてをしてもらったんだ」

「じきにとべるようになって、どこかへいっちゃったけど、またあえるなんて……」

　バァバは、はなをくしゅくしゅして
います。
『子スズメもふえて、とてもしあわせ
です。また、お庭にいきます』
「いつでもいらっしゃい。おいしいお
米がなくなったら、こんどは庭の虫を
とってね」
「春にわかれて、秋にあえて、冬また
来るんだ。きせつといっしょに、めぐ
りあうんだね」
「カラスやネコにきをつけてね」
　タァタとバァバは、いろんな秋とめ
ぐりあうために、また歩いていきま
した。

色いろむつかしいね

「今日はよく晴れて、小春日和《こはるびより》だわ」

「秋なのに、どうして春なの？」

「秋だけど十一月だけ、春のように暖《あたた》かなよいお天気の日のことを、そういうのよ」

「ふうん、たんけんたいびより、っていったほうが、わかりやすいよね」

「はいはい、それではしゅっぱつしましょ」

ふたりは、おしゃべりをやめて、外へとび出しました。もちろんぼうしとポシェットもいっしょです。

あたりはすっかり秋色におけしょうしていました。

「もみじのにしき、神《かみ》のまにまに……。きれいだわねえ」

「ねえ、どうして緑《みどり》だった山が、あんなにいろいろな色になるの？」

「うーん、神さまが……、じゃだめね」

「どうしたら色が変《か》わるのかなあ」

バァバは自信《じしん》なさそうに説明《せつめい》します。

「よくわからないけどね。葉っぱの中にある糖分《とうぶん》……おさとうのような栄養《えいよう》……に、お日さまが当たって、なにか物質《ぶっしつ》ができるらしいの。それを光合成《こうごうせい》っていうのね。そのできた物質が化《か》学変化《がくへんか》をおこすと、色素《しきそ》ができるらしいわ。その分量《ぶんりょう》で、葉っぱの色がいろいろになるって

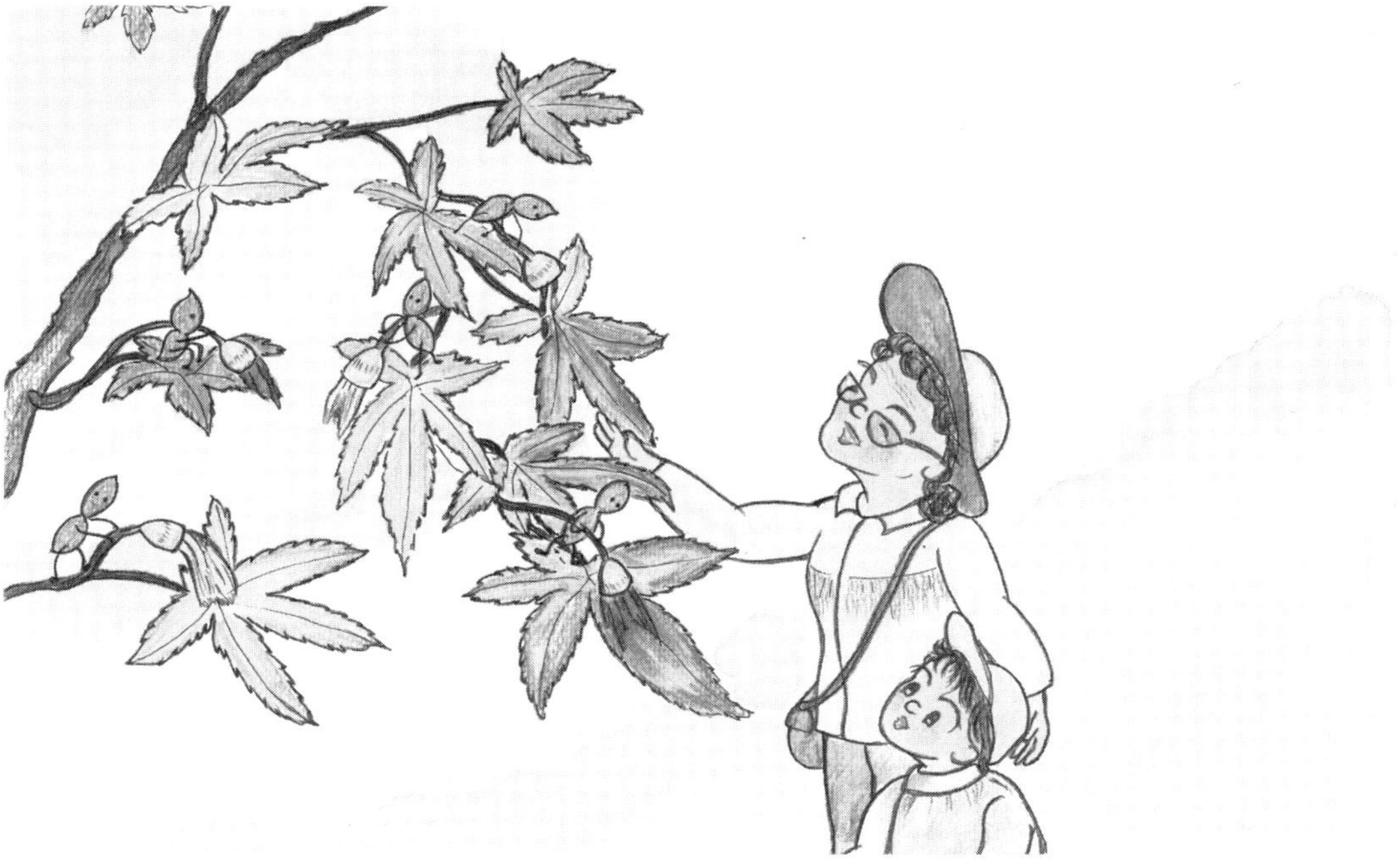

わけ、わかる?」

「やっぱり、わかんないよ」

「バァバもよくわからないわ。タァタが大きくなって学校で勉強《べんきょう》すればわかると思うわ」

「じゃあ、ぼくが勉強したら、バァバに教《おし》えてあげるね」

「ありがと。とっても楽しみ!」

　ふたりは小鳥のようにおしゃべりしながら歩《ある》いていきます。

　原っぱは、草もみじも広がって、よく見ると、赤や黄色の実《み》をつけた木や、つるを長くのばしたツタなども、きれいな葉の間から、黒い小さな実をのぞかせています。

　タァタとバァバは、大よろこびで、たんけんして歩きます。

「この赤い実、食べられる?」

「ガマズミね。小鳥さんが大よろこびするわ」

「わっ、手が赤くなっちゃった」

「ヤマゴボウの実は、水分が多いから。そめものにも使《つか》うのよ」

ふたりは、いろんな色の葉や、ドングリなども、いっぱいひろいました。

「ずいぶん遠《とお》くまで来たわ。そろそろ帰りましょ」

ふたりが紅葉《こうよう》したカエデの下を歩いていると、目の前の枝《えだ》の先の葉がいっせいにふるふると動《うご》きました。

よく見ると赤い葉っぱの上で、なにか動いています。

『おーい、もっと早く、クロロフィルをとかすんだよ。アントシアンができたら、こっちへもってきてよ。たくさんないと赤色がさえないからさ』

『そっちの緑のクロロフィルも、早くとかしてよ。かくれんぼしているキサントフィルを引っぱりださなきゃ。黄色もまぜなくっちゃきれいじゃないさ』

『ああ、いい色だ。黄色は金色に光っ

てるし、赤はビロードみたいなつやがでてきた』

『まぜて、だいだいってのも、すてきさ』

小さな動くものは、口ぐちにしゃべりながら、葉っぱの上で、いそがしくはたらいています。

「ねえ、ねえ、きみたち、なにしてるの？」

タァタが上に向かってききました。

『えっ、わからない？　葉っぱの色づけをしてるのさ。今日はお日さまが元気で、うれしいよ。こんな日はとくべつがんばらなくちゃ。だからじゃましないでよ』

「それはそれは、ごくろうさま。あなたたち葉っぱの中のおさとうさんでしょ。光合成で色のもとを作るのね。おてつだいできるといいけれど……」

動くものは、『いそがしくて、かまってられないよ』とばかり、しらんぷりです。

「どんどん色がこくなるね。お日さまがいっぱいの小春日和で、よかったね」

もっと見ていたかったのですが、ふたりはカエデの木の下をはなれました。

「葉っぱの色のかわるしくみが、ちょっとだけわかったみたい」

「今日のたんけんたいも大せいこうだよね」

ふたりはにこにこがおで家に帰りました。

土の中のひとつながり

「お日さま、ぽっかりこ、いい天気」

タァタがスキップして、やって来ました。

「えんがわ、ほかほか、いい天気」

バァバもうれしそうに、かおを出しました。

「日あしがのびたわね。夕方までたっぷり時間《じかん》があるわ」

「やったァ、早く早く出かけよう!」

「若菜《わかな》つみ、ってのはどう?」

「ワカナ……って?」

「セリ、ナズナ、ゴギョウ、ハコベラ、ホトケノザ、スズナ、スズシロ、これぞ七草《ななくさ》」

「わかった! 思いだしたよ。七草がゆに入っていた野さいでしょ。でも、そんなの、どこに生えてるの?」

「タァタは、スーパーで買った七草を食べたのね。あれはごちゃごちゃしてて、よくわからないわ」

「でも、おいしかったよ」

「野焼《のや》きした土手《どて》に、そろそろいろんな草が出てると思うわ。タァタ行ってみる?」

ぼうしとポシェットのほかに、竹かごもぶらさげて、たんけんたいのしゅっぱつです。

橋《はし》の上から眺《なが》めるていぼうは、茶色でした。

「若菜つみには、少し早かったかしらねえ」

バァバはがっかりしたようにいいました。

「冬のころより、やわらかな色になっているよ」

タァタは走って、橋の下におりていきます。

「バァバ、早く来て！　草がいっぱいだよ」

土手には、地面《じめん》にはりつくように、いろんな草がかおを出しています。

「やっぱり、春が来たのねえ」

バァバはうれしそうにしゃがみこむと、うす緑《みどり》の葉をつみはじめました。

「ほら、これがゴギョウよ。〝ははこぐさ〟ともいうわ。〝はこべ〟はハコベラでしょ。ほらほら、この草は、黄色い花をつけるホトケノザよ。〝こおにたびらこ〃っていうの」

　バァバの目は、あちらからもこちらからも、春の七草を見つけだします。

「茶色の土の中から、緑がどんどんわいてくるみたい！」

　タァタも足もとの草をぬいてはバァバに見せますが、七草に入らない草もいっぱいです。

「あっ、ツクシだ」

　よく見ると、ツクシのかおが、わらっているように開《ひら》いています。

　がっかりしたタァタが、つんだツクシをパラパラと下に落《お》としました。すると、ツクシの頭の中から、たくさんの光る玉のようなものがとび出して、ふわふわと流《なが》れていきます。タァタはあわてておいかけました。目の前の土の上に、ふわりと落ちた光る玉は、丸い体から四本の糸のような足を出して、ゆらゆらゆれています。

「バァバ、見て見て！」

　しゃがみこんだふたりに、光る玉から、きれいな声が聞こえました。

『わたしたち、ツクシのホーシ、スギナの子』

「スギナのたねさんね」

「あっ、そこにスギナの芽《め》が出てるよ」

　見ると、少し元気のないツクシの横《よこ》から、こい緑色のスギナがかおを出しています。ツクシは風もないのに、ゆらゆら頭をゆらしました。すると、頭の中から光るものがもやもやと出てきました。ツクシのホーシたちです。

『おーい、そろそろとびだそうよ』

『ほら、いくわよ！』

『うしろからおすなよ』

　おおさわぎのツクシの頭に向かって、スギナがよくとおる声でさけびました。

『とべ、とべ、ホーシ、せかいはひろい』

　すると、ざわざわしていたホーシたちが、一つ一つ光りながら、空に向かってとび出しました。

『なかまがたくさんふえます。らいねんもていぼうが緑にそまるでしょう』

「タァタ、そこをほってごらん。地下《ちか》茎《けい》がのびて、ツクシとスギナは同じ根《ね》っこから出ているのがわかるから」

　タァタが黒い土に、そっと手を入れました。すると、ふっくらもり上がった土に、キラッと光がとんで、あっというまに中に消えました。

「ホーシさんが入った！」

「来年は、スギナになるために、芽を出すんだね」

　ふたりは、そっと土をたたいておきました。

春が　ぼくらを

「今年はなんてたくさん咲《さ》いたのかしら」

バァバのはずんだ声が聞こえます。

「どこどこ?」

タァタも春の庭《にわ》にとびだしました。

「わァ、まっ白だ!」

「ね、きれいでしょう。三月はモクレンが咲くからうれしいの」

モクレンの木は、庭いっぱい枝《えだ》をひろげたように大きく見えます。その枝に白い花が、天をゆびさして、すっくと立ってびっしり咲いていました。

「すごいね。こうごうしいかんじ……」

「びっくりした。タァタうまいこというわね」

「だってさ、花のひとつずつに、仏さまかなんか、すわっているみたいな気がするもの」

「へえ、タァタすごいわァ」

バァバは、やたらかんしんしています。

「二月はめずらしく雪が降《ふ》って寒《さむ》かったけれど、やっぱり春が来たわねえ」

バァバは庭をながめて、うれしそうにいいました。

見ると、スイセン、サクラソウ、その下にはムラサキのスミレも、ちろちろと花をゆらして

います。

「春だね、春だね、ココロがもちあがる！」

「ふふ、あの詩《し》ね、バァバも好《す》きよ」

ふたりは声を合わせて詩のあんしょうをしました。それはこのごろふたりが「ハマッテいる」詩のろうどくでした。

谷川俊太郎《たにかわしゅんたろう》の詩や工藤直子《くどうなおこ》の詩が、とくにお気に入りです。ふたりは「ことばのたんけんたい」といってごきげんでした。

みんなもこんな詩、知っていますか。

うんとこしょ　　**谷川俊太郎**

うんとこしょ　どっこいしょ
ぞうが　ありんこ／もちあげる
うんとこしょ　どっこいしょ
みずが　あめんぼ／もちあげる
うんとこしょ　どっこいしょ
くうきが　ふうせん／もっちあげる

うんとこしょ　どっこいしょ
うたが　こころを／もちあげる

ふたりは「うんとこしょ」の詩に、ふしをつけて歌いながら庭を歩いていきました。ほんとにいいお天気で、心が空までうき上がりそうな気がします。

庭の木々も、うっすら緑色《みどりいろ》にけしょうして、芽《め》ぶきまぢかです。うららと、かげろうがもえだしそうに暖《あたた》かい日ざしで、チチチルルルと小鳥の声も聞こえます。

と、そのとき、さっと目の前に黒いかげが走り、ひゅうっと風を切る音がして、おだやかな空気に波《なみ》が立ちました。

チーッチーッ、ピチッピチッ、チョッ

頭の上をせんかいしてから、かげはすっと、屋根《やね》に引かれた電線《でんせん》にとまりました。

「ツバメだ！」

「今年も来たのね」

毎年春になると、タァタとバァバは、ツバメが来るのをとてもまっていました。

モクレンとツバメは、春のおまじないみたいなもので、今年も元気に暮《く》らせる、と安心《あんしん》するのでした。

チョッチョッチーと鳴いて、ツバメがいいました。

『かえってきたよ、やっとかえってきた。さあ、巣《す》をつくろう、えさをさがそう』

ツバメはチッーとあいさつすると、つーいと、とんでいきました。

「地面《じめん》からも虫がたくさんでてるわ。春は生きものたちの、とってもいそがしい季節《きせつ》よ」

「ぼくだって、新学期《しんがっき》になるから、いそがしいんだ」

ふたりは「うんとこしょ」のかえうたを歌いながら、青い空を見あげました。

うんとこしょ　どっこいしょ
ひかりが　モクレン／もちあげる
うんとこしょ　どっこいしょ
かぜが　ツバメを／もちあげる
うんとこしょ　どっこいしょ
はるが　ぼくらを／もちあげる

川の色いろいろ

つゆ入りまえの、あつい日がつづきます。

タァタとバァバは、すずしい風の吹《ふ》く野原《のはら》へ、たんけんにやって来ました。

野原には、野ギクや野アザミ、ヤエムグラやギシギシなど、花や草がいっぱいです。

「ほら、草にいっぱい花が咲《さ》いているわ。これが秋になるとたいへん、くっつき草だもの」

どんどんいくと、小川がながれていました。

「こういうところも、めずらしくなったわ」

「川のそばで、おべんとうにしようよ」

タァタはさっさとリュックをおろすと、川のそばの草の上にすわりました。バァバもうれしそうに、しんぶんしを広げて、どっこいしょとすわりました。

ふたりがおにぎりを食べていると、しんぶんしの下で、ゴソゴソ音がします。

「キャア、ヘビかも！」

「マムシなら、たいへん」

バァバは、このときは、どっこいしょといわず、とび上がりました。

しんぶんしは、あいかわらずゴソゴソと音をたてています。

すこしもり上がったはしから、にゅうっと首がのぞきました。ヘビだっ！　とさけびそうなタァタの口が、あっカメかァ、といいました。カメは、のっそり、のっそり、歩いていきます。

こうらのしっぽのほうが、ギザギザになっている茶色のイシガメでした。

カメは、川のふちの、ひらたい石の上にのると、日なたぼっこをするように、じっと動《うご》かなくなりました。

タァタとバァバはカメのようすを見ながら、おべんとうを食べました。

カメのいるそばの川に波《なみ》が立ちました。

ひょこん、ひょこんと川の中から首が出て、三びきの子ガメがおよぎながら、きしに上がってきます。

「かわいいわねえ」

「カメはごはんも食べるよ。おにぎりやろう」

『さあさあ、おまえたち、じっとすわって、コウラヲホシナサイ』

子ガメたちは、親ガメのまわりにじっとすわりました。

「ねえカメさん、おにぎりはいかが?」

バァバは竹皮《たけかわ》に入ったおにぎりを親

ガメのそばにおきました。

『まあ、ごちそうだこと。おまえたちも、いただきなさい』

首をこうらから出した子ガメたちは、いそいで親ガメのそばにあつまると、うれしそうに首をふりながら、おにぎりを食べました。

「やったァ、食べてるよ」

タァタとバァバは両手《りょうて》をあげて、ハイタッチしました。

おべんとうのさわぎがおさまると、カメたちは、またお日さまに向かって、こうらをほしはじめました。

『こうらをほすのは、こうらをじょうぶにするためです』

親ガメはしずかにいって、目をつむりました。ふたりも、そっと、そばをはなれました。

野原の草たちも、お日さまの光をあびて、どんどんのびているみたいです。

しばらく川にそって歩くうちに、タァタは川の中を見つめて、しゃがみこみました。

「川の色が、いろいろかわるよ」

「どれどれ、うーん、どうゆうこと?」

「バァバほら、よく見ていて。いま青い色の川だよね。もうすこしすると、白くなるよ」

「わかった! ほら、あの白い雲でしょ。あれが流《なが》れてくると、川が白くなるのね」

「あったり!」

「どうして気づいたの?」

「さっき、大きな木のそばをとおったでしょ。そのとき木のかげの川は黒かったの。でも、とおりすぎると、すぐ青くなって水がキラキラ光ってた」

「へえ、きれいねェ」

「うん、すごくきれいだった。あの雲がうつったら、こんどは青と白のまだらもようになるね」

ふたりは、川の中を、もっとよく見るためにカメさんのまねをして、お日さまの光をせなかにあびながら、すわりこみました。

海の中の花火

「お日さまは元気なのに、やっぱりすこしつめたいね」

「九月の海は、夏の海とちがうわ」

タァタとバァバは、近くの海べへ、魚すくいにやって来ました。はだしで海に入ると、八月に泳《およ》いだ海と、ぜんぜん違《ちが》う温度《おんど》です。

タァタは海の中を、水中メガネでのぞきました。

「あっ、いるいる。ちいさいけど、たくさんおよいでいるよ」

「だぼハゼかしら」

バァバも、うれしそうに海の中をのぞきます。黒くて細《ほそ》い魚たちが、むれるように同じ方向《ほうこう》に体を動《うご》かしながらツイツイと泳いでいました。

「そっとしててよ、バァバ、ぼくがすくうからね」

タァタは、タモをそっと海に入れました。

「ああ、にげちゃった」

「どれどれ、バァバにかしてみて、バァバはうまくすくえるわよ。昔とったキネヅカよ」

バァバはいきおいよく、タモをふりまわしました。

「バァバ、トンボつりじゃないんだから、やっぱり、ぼくがすくうよ」

ふたりはタモをうばいあって、海の中の小魚《こざかな》をねらいますが、魚は、『つかまるものか』と

いうようににげてしまいます。それでも、ふたりは楽しくて、波《なみ》の中にタモを入れては遊《あそ》びました。

「イタッ！　バァバ、足をなにかがさしたよ」

タァタが足をバタバタさせました。

「どうしたの、あっ、あそこに、クラゲがいる」

まるい頭に赤いスジがチョウチンのように入っている大きなクラゲが、長いワカメのようなうでと、たくさんのひものようなうでを、ゆらしながら、泳いでいきます。

「ちくちくするよ、どくがあるのかなァ」

「クラゲのうでの先には、どくがあるっていうけど、タァタの足ならだいじょうぶ、けがにはならないと思うわ」

ねんのために、バァバはポシェットの中からクスリをとりだして、タァタの足にぬりました。

「ミズクラゲは、よく見かけるけど、めずらしいクラゲだったわね」

ふたりは、もういちど海の中に入って、魚をとりはじめました。

「あれ、魚が流《なが》れてくるよ」

さっきまで元気に泳いでいた小魚たちが、横《よこ》に浮《う》くように、かたまって流れてきます。

「クラゲにさされたのよ。あんなにすばしっこかったのに、クラゲのハリにはかなわないのね」

「しんじゃうの」

「からだがしびれるだけだと思うけど、大きな魚が来たら、食べられちゃうわ」

「ぼくのタモでもすくえるけど、なんだかかわいそうだよね」

「そうね、フェアじゃないわ。おいかけっこにならないし」

「たいへん！　また、あのクラゲがくる」

タァタのゆびさす海の中にプカリプカリとのびたりちぢんだりしながら、チョウチンのようなクラゲのすがたが見えます。

ふたりは、あわてて砂浜《すなはま》に逃《に》げました。

バァバはポシェットから、そうがんきょうを出して見ています。

タァタがのぞくと、アカクラゲが目の前ににゅうっとせまって見えました。

「ぼくにもかして」

「わあっ、おばけ！」

タァタは思わず目をつむりました。

「大きく見えるだけでしょ。ええっ、きみわるぅ、ほんと、こわーい」

バァバは大さわぎしながらも、しっかり、そうがんきょうをにぎりしめています。

「ぼくも見たいよ。あれっ、クラゲの中に、なにかいるよ」

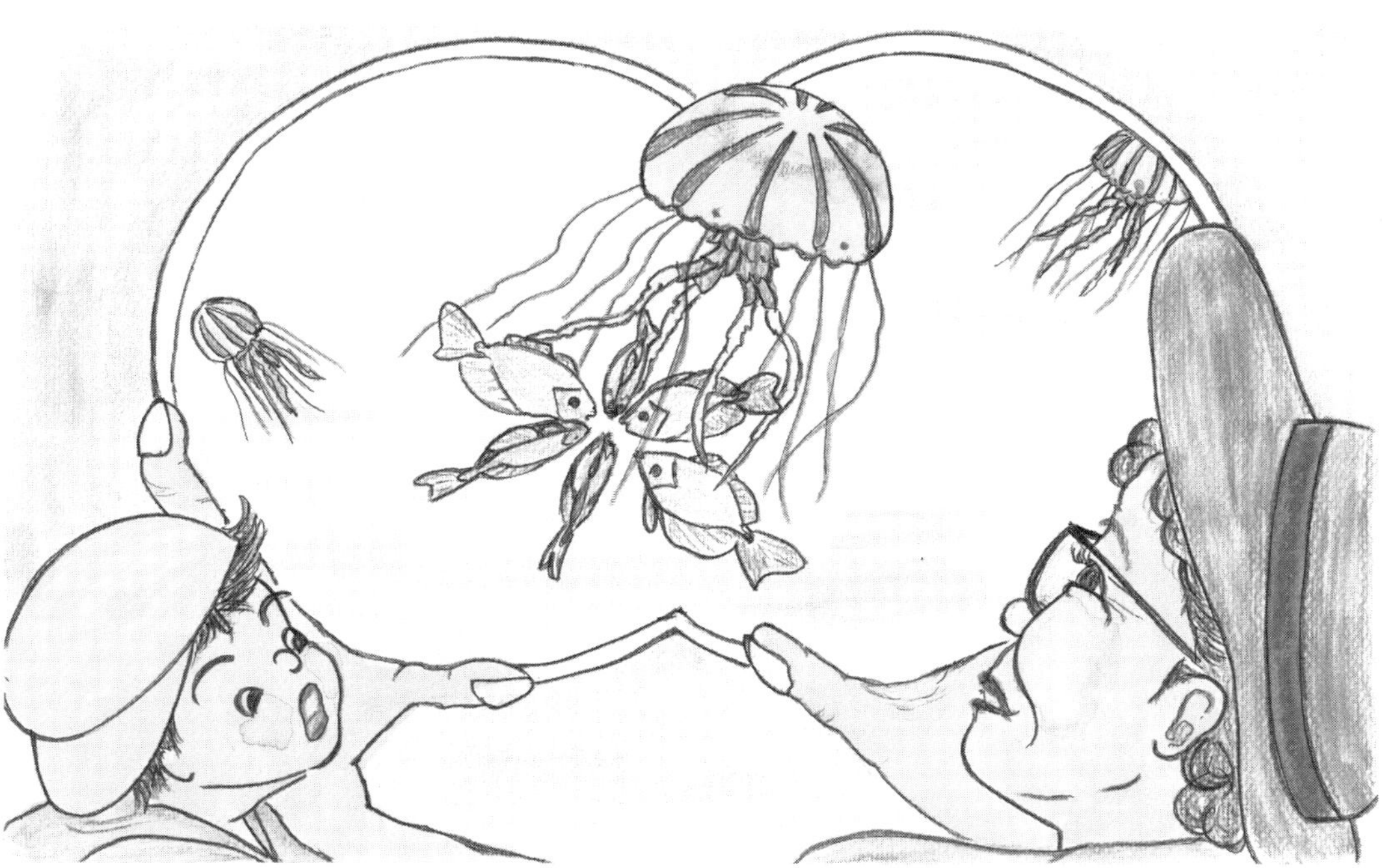

「どれどれ、ほんと、かわいい魚がいるわ。そうだ、ハナビラウオって魚よ。クラゲとなかよしなの」

そのとき、そうがんきょうの中に、ぱっと花がさきました。花はひらいたり、つぼんだりします。ハナビラウオたちが、口をしんにして、まあるく輪《わ》になると花がさき、からだをたてにしてあつまると、ツボミになるのでした。

「きれいねェ、水中花《すいちゅうか》だわ」

「海の中の花火だよ」

クラゲの海の中のショーは、いつまでもつづきました。

いのちのめぐり

庭《にわ》のコスモスやコギクが、さわやかな風にゆれています。空はまっ青にすんで、ながめていると、すいこまれそうです。タァタは、ズックをはいて、庭におりていきました。

「なんにもない空より、お花畑《はなばたけ》のほうが、おもしろそうだよ」

タァタはひとりごとをいいながら、コスモスをゆらしたり、モクセイの木を見上げたりしました。マリーゴールドやサフランの花だんのそばで、

「あっバッタだ」

トノサマバッタが花の中からとび出て、すこしよろけるようにあるいていきます。タァタはつかまえようとして、手をひっこめました。バッタはなにかさがすように、草むらをあるきまわります。

「タァタ、どうしたの?」

バァバがポシェットをさげて、たんけんたいのかっこうをして立っています。

「バッタがいるんだけど、元気《げんき》がないんだ」

「どれどれ、ああ、バッタさん卵《たまご》をうむのね」

草かげにうずくまったバッタは、土の中へおしりの先をグルグルともぐらせました。

「たいへんなおしごとなのよ。そっとしておきましょ」

タァタとバァバはお花畑を出て、秋のたんけんに行くことにしました。タァタはバッタのこ

とが気になりましたが、バァバのかおがしんけんだったので、やっぱりそっとしておかなくちゃ、とおもいました。

空にはトンビがとんでいましたし、アカトンボもたくさんいます。タァタのこころは、すぐにいろいろないきものに、きょうみがうつって、元気にあるいていきました。

ていぼうにそった原っぱは、ひるまなのに虫の声でいっぱいです。

「タァタ、虫の声がききわけられる?」

「ぼく、わかるもん！　バァバきいててね」

♪あれマツムシが鳴いている
チンチロ　チンチロ　チンチロリン
あれスズムシも鳴き出した
リンリン　リンリン　リーンリン

「ね、わかった?」

♪キリキリ　キリキリ　キリギリス
ガチャガチャ　ガチャガチャ
クツワムシ

「わかった、わかったわ。タァタ、ほらいっしょに、せいのっ！」

♪あとからウマオイ　おいついて
チョンチョン　チョンチョン　スイッチョン
秋の夜長《よなが》を鳴き通す　ああおもしろい虫のこえ
タァタとバァバは、大きな声で歌いました。

「あれっ、あそこのバッタ、こどもをおんぶしているよ」

それは、あたまが三かくにとがった、足の長いバッタで、せなかに小さなバッタをのせていました。

「ショウリョウバッタね。あれはこどもじゃなくて、メスがオスをおんぶしているのよ」

「メスの方がでっかいんだ！」

メスはオスの三ばいくらいあります。

「オンブバッタってバッタもいるのよ」

バァバはとくいそうにいいました。

「虫はね、たいていメスの方が大きいわ」

「わかった、卵をうむからでしょ」

そのとき、ギギギ、スイッチョンと声がして、ショウリョウバッタのオスが、メスのせなかから、タァタのズックの上にのりました。

『きみたちは、さっきのバッタのところへ行きたくないかい？』

「さっきって？　あっ、あの卵をうむバッタ？」

『もうおわったと思うよ。さよならだよ。行ってみる？』

きょとんとするふたりのまえで、バッタはハサミのようなあたまのさきをふると、みるみる

大きくなって、あっというまに、メスのせなかにタァタとバァバをのせました。

『しっかりつかまって、それいけ！』

小さいオスが大きな声でさけぶと、いつのまにかふたりは、さっきのお花畑にいました。

「ああっ、バッタがしんでる！」

「卵をうんで、力がつきたのね。かわいそうだけど、虫さんは春うまれて、秋にはしぬなかまが多いのよ」

「卵にいのちをわたしていくんだね」

ふたりはバッタの上に、そっと土をかけました。

山道さくさく

タァタとバァバは、山に来ました。

赤黄緑《あかきみどり》がもくもくとおりかさなって、山はきれいな晴れ着《ぎ》につつまれています。

「山のお祭《まつ》りだね」

「ほんと、青空にはえて、もみじもうれしそう」

大ぜいの人たちが、川べりや橋《はし》を、たのしそうに歩いています。

タァタとバァバも、かわらにおりて、白い石がころころしているところにすわって、おべんとうをひろげました。

「きょうのおむすびは、とくべつおいしいわ」

「ぼくもお手つだいしたもんね」

ふたりは、たまごやきや、とりのからあげを、あらそって食べました。

「茶店《ちゃみせ》でかったおだんごが、デザートね」

「バァバといると、めいっぱい和風《わふう》だね」

ふたりはかおを見合せてわらいました。

「あの山に行ってみようよ」

「ああ、あそこは、神社《じんじゃ》があるはずよ」

「たんけんたい、しゅっぱぁつ!」

山に入ると、あれほどにぎわっていた人々も、どこかに消えてしまったように、しずかです。

♪落葉《おちば》ちるちる山あいの〜

バァバがまた、大昔《おおむかし》の歌をうたいます。

赤や黄のもみじ葉が山道に散《ち》って、きれいなジュウタンの上を歩いているようです。

しばらく行くと、ふたりの足音にあわせるような音が、近づいたり、遠《とお》のいたりするのに、タァタは気づきました。

「バァバ、ほら、なにか聞こえるでしょ」

「わかってる、さっきから、ついてくるわ。だからわざと、しらんぷりしてるのよ」

「わかった。ゆっくり歩こうね」

さくさく、さくさく、ふたりの足音
チチチョロ、チチチョロ、なにかの音

さっくさっく、さっくさっく
チョロチョロ、チョロチョロ
さくさくさく、さくさくさく
チョチョチョチョロ、チョチョチョチョロ
「わあい、みつけた！」
タァタが、くるっとふりむいて、さけびました。バァバもあわててふりむきます。
「やっぱり、リスさんだ！」
ふつううのリスより小さい、シマリスでした。
「まあ、かわいい、えさをさがしてるのね」
シマリスは、いやいやをして、くるりとまわると、手をすりあわせていいました。
『かあさんのほっぺを、ナオシテクダサイ』
「おかあさんが、けがをしているんだね」
「どこにいるの？」

シマリスはチョンチョンはねると、こっちだよ、というように、道をそれて草むらに走りこみました。

タァタとバァバもいそいでついていきます。大きな木の根《ね》もとに、やわらかにかれ葉がもり上がって、巣《す》の入口がありました。

するとシマリスはキョロキョロあたりを見まわしてから、クルリクルリとまえまわりをしました。

すると、タァタとバァバは、巣の中へ、すいこまれてしまいました。

巣の中はなかなかりっぱで、入口はほそいたての道ですが、そこをぬけると、ひろいへやになっていて、四、五ひきのリスが、クルミやマツノミをいっしょうけんめいかじっていました。

『タァタとバァバです』

『まあうれしい。たすけてくださるのね』

「どれどれ、あら、ほっぺをけがしているのね」

『このほおぶくろに、たべものを入れて、はこぶのです』

かあさんリスは、いたそうに、そっと、ほっぺをふくらませてみせました。

「やぶれてしまって、たいへんね。だいじょうぶ、ポシェットのクスリでなおるわ」

しんぱいそうに集《あつ》まったリスたちのまえで、バァバはリスのおかあさんのほっぺに、クスリをぬってあげました。

「もうだいじょうぶ。バァバのクスリは、まほうみたいに、よくきくからね」

タァタがいいおわらないうちに、ふたりはもとのモミジの道に立っていました。

「ほら、あそこの神社におまいりしましょ」

「リスさんのフクロが、早くよくなりますように、ってね」

ふたりは、さくさく歩いていきました。

カガミの前で

「いたいよォ」

豆《まめ》まきのあと、七つぶ食べた豆のせいで、タァタの歯《は》が痛《いた》みだしました。

歯いしゃさんは、にこにこしながら、

「もう、下から、えいきゅう歯《し》が、めをだしているから、前歯《まえば》はぬけて、らくになるよ」

といって、オキシドールのようなにおいのくすりを、ちょいちょいと、ぬってくれました。

赤ちゃんのときから生《は》えはじめた歯は、上と下を合わせて、二十本もあります。

バァバはまちあいしつにはってある、歯ならびのえの前に、タァタをつれていきました。

「ほらね、口をあけたとき、すぐ見える前の歯は、中切歯《ちゅうせっし》って書いてあるわ。右と左に同じように生えるのね。次が側切歯《そくせっし》、三番目が犬歯《けんし》ね。タァタの痛い歯は、側切歯ね」

「前の歯も、ちょっとは、いたいっ」

タァタは、ほっぺをおさえて、にらみます。

「どれどれ。ああ、前歯がすこし動《うご》きだしているわ。生えかわるのね」

「ぼくの歯、ぬけちゃうの？」

「先生もおっしゃったでしょ。今生えてるのは、乳歯《にゅうし》といって、赤ちゃんの歯なのよ。タァタが十二さいになるころまでに、おとなの歯にぬけかわるのよ」

「ぼく、いたいのいやだ。今のままがいい」

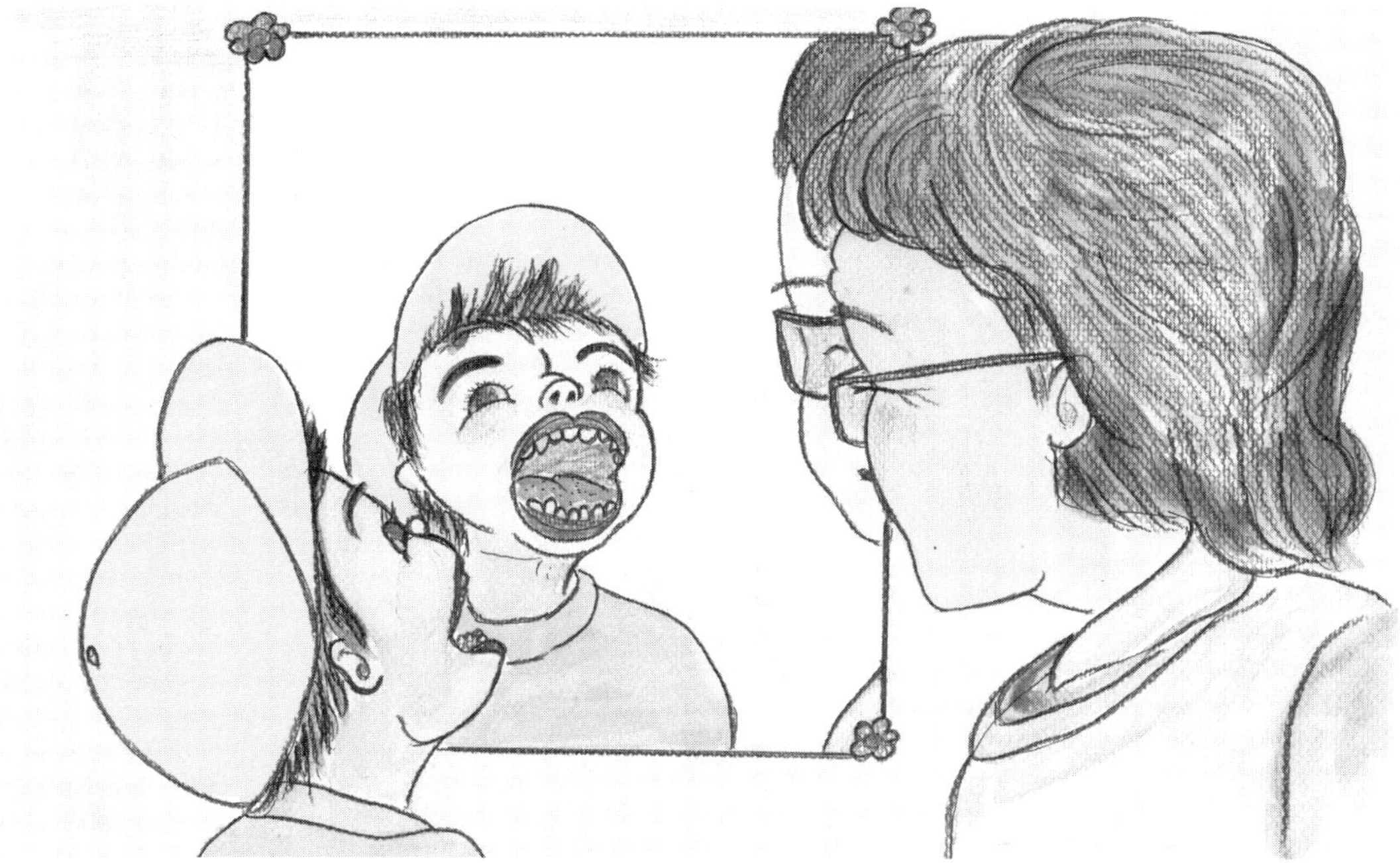

今日のタァタは、赤ちゃんがえりしています。

「ああんしてみて、ほら乳歯のおくに、永久歯《えいきゅうし》も生えてきているわ。タァタも、どんどん、おとなになるってことね」

バァバはひとりで、にこにこしています。

タァタは、歯いしゃさんのかべにかかっている、カガミの前で、大きな口をあけました。

前歯をゆびさきでおすと、くらくらと、すこしうごきます。ああんとあけた口を、カガミにくっつけるようにして、のぞいたときです。口の中で、なにかうごきました。

「ウン!?」

口の中には、ツバの海の中で、おぼれるように、うごいているものがいます。

「ううばぁばぁ、バァバ!」

タァタは、もぐもぐ口をうごかしました。バァバは、けげんそうにのぞきこみます。

とたん！　カガミの中の口の中に、タァタとバァバは入ってしまいました。

口の中には、とがった白い山がならんでいて、ふたりは山のてっぺんにしがみついています。

「バァバ、ここはどこ？」

「タァタの口の中みたい」

「そんな！」

歯と歯ぐきのあいだから、うごくものが、たくさん出てきて、口ぐちにいいました。

『ぼくらは、歯のせいだよ』

『乳歯のなかのカルシウムを、とかしているんだ』

『そのカルシウムを、はえてくる永久歯にはこぶのさ』

『カルシウムがとけると、乳歯はやせてぐらぐらになる』

『ほら、タァタのまえ歯のように、うごくようになる』

『いっちょうできあがり！　ってわけ』

『おとなの歯が、どんどん大きくなるのだから、しかたない、しかたない』

みんなは、がっしょうするように『しかたない、しかたない』とさけびながら、歯ぐきの中に、消えていきました。

タァタは、おいかけようとして、すとん！　と歯のあいだに、おちてしまいました。

「いたいっ」

ごつんと、なにかにあたまをぶつけました。

「バァバ、バァバ！」

「きょうは、SOSのおおい日だこと」

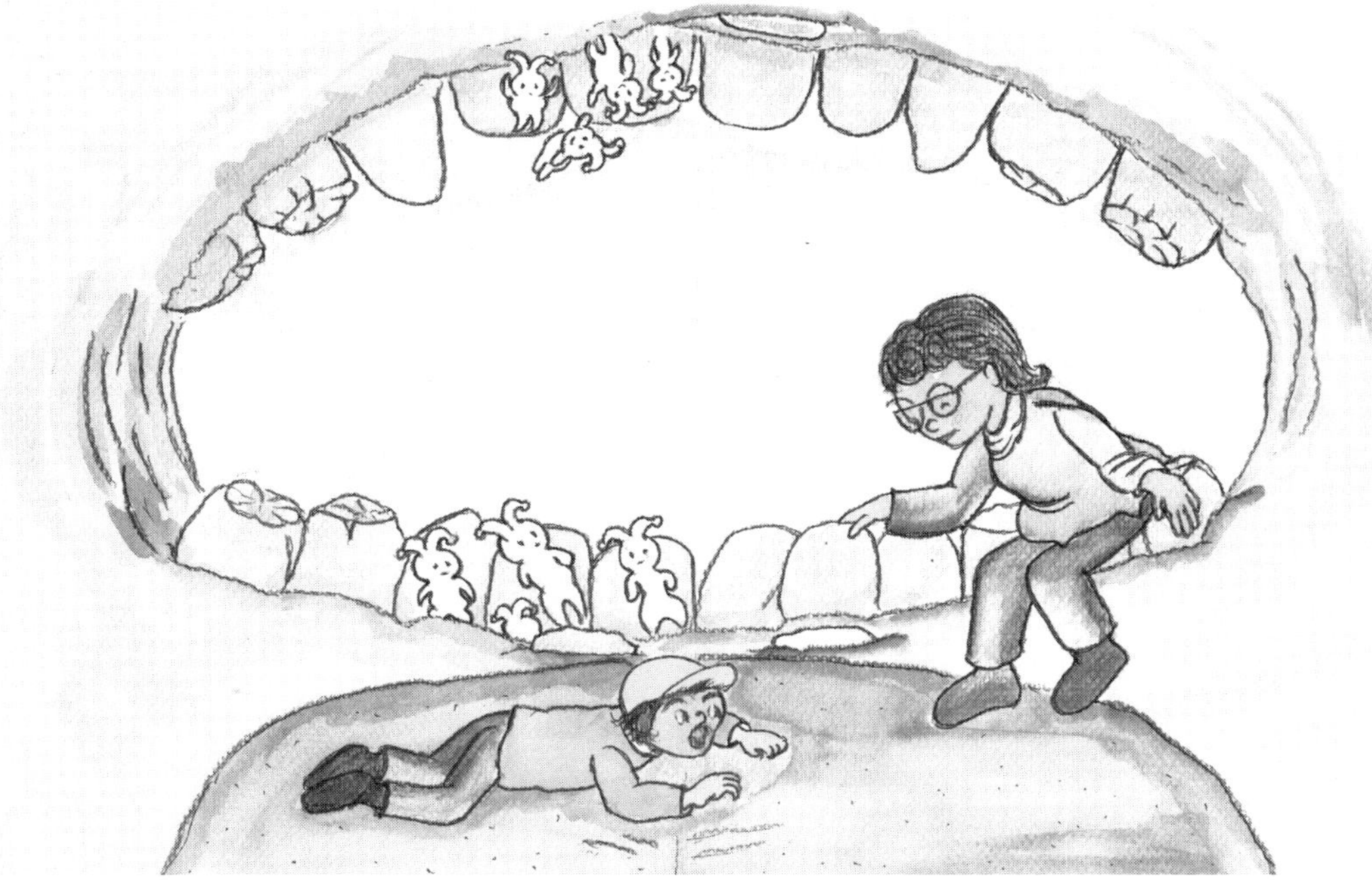

　ぶつぶついいながら、バァバは歯の上から下をのぞきました。

「あらあら、白いいわにぶつかってるわ。それって、永久歯ね。もうそんなに大きく生えてきてるのよ」

「こぶができるほど、かたいんだよ。カルシウムのかたまりかァ」

　タァタは、赤ちゃんのまんまより、早く大きくなったほうがいいなと、口をとじながら思いました。

　ふたりはまだ、カガミの前に立っています。

春のおそうじ

バァバが、せんたくものを持《も》って、外に出てきました。

「あらまあ、ものほしざおが、ザラザラだわ。ゆうべの風がはこんできたのね」

バァバの声に、タァタがやってきました。

「ゆうべは、あらしみたいな風が吹《ふ》いて、ぼく、ちょっとこわかったよ」

「春一番はとっくに吹いたから、二番か三番ね。その風が黄砂《こうさ》をはこんできたのよ。ほら」

バァバは、さおにゆびをあてて、黄色の砂《すな》をとりました。

「わあ、そんなに、くっついてるの?」

タァタは、びっくりして、じぶんも、ものほしざおを、ゆびでこすりました。

「なんだか、今年は、黄砂がおおいみたい」

バァバは、ぶちぶちいいながら、ぞうきんで、さおをふいてから、せんたくものを干《ほ》しました。

「でも、きょうは、いいお天気。すっかり春よね」

「春分《しゅんぶん》だからね」

タァタはひるとよるの長さがおなじ日、ということを、きのうパパからきいたばかりです。

「あれっ、バァバ、モクレンの色がへん!」

「どれどれ、まあ、黄色だわ」

庭《にわ》の中の一番日あたりのよいところに、ハクモクレンの大きな木があります。

二、三日まえから、茶色のツボミがわれて、つぎつぎに、まっ白いハナビラがこぼれでて、天にむかって、手をさしのべているみたいに、咲《さ》きだしました。

その白い花が、なんだか黄色にくすんでいるのです。ふたりは、モクレンの木の下に走りました。

「黄砂がつもったんだ」

「モクレンが咲くと、春が来たことがはっきりわかって、うれしかったのよね」

「あれっ、砂が降《ふ》ってくる」

タァタが目をパチパチさせました。

「花の中で、なにかうごいてるわ」

すると、ハナビラがふるふるゆれて、またこまかな砂がおちてきました。

『ほらほら、見てないでてつだってよ！』

きいろいこえまで、ふってきました。

タァタとバァバが、う！　とおもっ

たとたん、もうモクレンの枝《えだ》にのっていました。枝のさきに咲いている花の中から、キラキラ光る、ハタキのようなものをもった白いふくの子どもが、かおを出しました。

あちらからも、こちらからも、たくさんの子どもが、ハタキをもってあらわれると、からだをのりだすようにして、ハナビラの黄砂をはらいおとします。

『ほら、これではたいて』

目のまえの花にいた子どもが、タァタとバァバにハタキをくれました。

タァタとバァバは、えだにしがみつきながら、手をのばして、ハナビラの砂を、はらいました。手をうごかすたびに、ハタキはお日さまの光をうけて、キラキラ光ります。

「きれいになるね」

「ハタキもきれいよ」

ふたりは、むちゅうになって、ハタ

キをかけました。

モクレンの花が、どんどん、まっ白になっていきます。青空に、くっきりとはえて、タァタは「きれいだなァ」と、うれしくなりました。

黄色い砂も、下におちるとき、キラキラ光ります。ギンのハタキとキンの砂が、枝の中にいっぱいひかって、ほんとうにきれいでした。

「タァタ、下を見てごらん。黄色の砂がつもって光っているわ」

「ほんとだ！　どうしたんだろう、みんな光ってるんだもん」

「春のお日さまのせいよ」

「そうかあ、お日さまも、春が来て、うれしいんだね」

「砂がふるのも、自然《しぜん》のはたらきのひとつだわ」

「いいことも、わるいことも、おあいこかァ」

♪いいことを　ありがとう
わるいことも　こんにちは
白いふくのコドモたちが、かわいいこえで歌います。タァタとバァバも、声をそろえて歌いました。

みんなの力で

♪夏も近づく八十八夜《や》
　野にも山にも若葉《わかば》がしげり
「気持《きも》ちよさそう！」

バァバの歌に、タァタもお日さまみたいににこにこしながら、庭《にわ》にでてきました。

「お茶つみの季節《きせつ》ね。あつなし、さむなし」

「ツバメのヒナもかえったしね」

「ツバメさんの元気なこと、感心《かんしん》しちゃうわ」

「あっ、かえってきた。えさって、すぐ見つかるんだねえ」

「一日に二〇〇回もはこぶんですって」

「父さん母さんで四〇〇回かァ、すごい、四〇〇ぴきも虫をつかまえるんだ」

「五羽《わ》のヒナだから、タァタわかる？　一羽が食べる虫のかず」

「ぼく、わりざんできるもん。四〇〇ぴきを五羽でわけるんだね。なかよくね」

400÷5　タァタは地面《じめん》にわりざんの数字《すうじ》を書きました。

「九九をつかうんだ」

「五八、四〇でわりきれてと。できた！　一羽が八〇ぴきを食べるんだよ。すごーい」

「タァタもすごいわ。さんすうとくいみたい」

「でも、そんなに虫がいるのかなァ」

「ツバメはとおくまでいってさがすのよ」

「雨の日はたいへんだね。いつも今日みたいだといいのに」

「そうね、タァタも、パパやママに、ありがとうっていわなきゃね」

「いったよ。父の日と母の日に、パパとママのかおをかいてプレゼントしたもんね」

タァタはむねをはりましたが、心の中で、「あんまり、にてなかったかも……」と、つぶやきました。

そのとき、また親ツバメが線《せん》のようにひゅうっととんできました。すると、げんかんののきの巣《す》の中から、いっせいに子ツバメがかおを出して、シャアシャアシャアシャアと鳴きたてました。

親ツバメは、右はしの子ツバメにやると、すぐにとびたちます。子ツバメは、またいっせいに巣にもぐって、げんかんはしずかになります。タァタは、このようすを見るのが大すきです。

カアカアカア、カラスの声です。タァタはいそいで空をさがしました。

「あっ、でんせんにとまってる。ツバメの巣をねらってるんだ」

子ツバメたちは、巣にもぐって、しんとしています。

「バァバ、来て！　はやくはやく」

タァタの声にびっくりして、バァバがかおを出したときです。

空の中から、わき出たように、たくさんのツバメがとんできて、庭の上をとびまわりました。

キキッ、チュピッチュピッ、キキッ！

チュッ、ピチュッ、ジュピッ、キッ！

かんだかい声で鳴きながら、カラスのまわりをとびまわったり、ヒュウとかすめるようにカラスにむかっていったりします。

カア！　カア！　カラスも羽《はね》を大きくひろげたり、でんせんからとび上がったりして、ツバメをおどかします。

「どこに、こんなにたくさんのツバメがいたのかしら」

「カラスの声がしたとたん、あつまって来たんだよ。ふしぎだねえ」

タァタとバァバは、どうなることかとハラハラするばかり、空をぽかんと見上げていました。

ツバメたちは、大きく輪《わ》をかいてとんだり、キキッとつよい声をあげて、なんどもなんども、カラスにむかっていきます。

そのたびにカラスは羽をひろげ、カアカアと太い声で、ツバメをいかくします。

しばらく、たたかいがつづきました。

カア！　カア！

カラスは大きな声で鳴くと、黒い羽をひろげて、でんせんからとび上がり、そのまま屋根《やね》をこえて、どこかへとんでいきました。

「やったァ！　カラスがにげていったよ」

とびまわっていたたくさんのツバメたちは、いつのまにかいなくなり、二羽の親ツバメがとんできて、一羽はちかくのでんせんに、もう一羽が巣のはしにとまりました。

ヒナたちが、いっせいに首を出し、シャアシャアとなきたてて、かお中を口にしてえさをねだりました。

エノコロ　コロコロ

すずしい風が吹《ふ》いて、野原《のはら》のようすも秋のけはいになりました。

夏草はかれ色の実《み》をつけています。

田んぼは稲刈《いねか》りがおわって、水のひいた田に切り株《かぶ》がおぎょうぎよくならんでいます。

タァタとバァバは、あぜ道を歩きながら、小さい秋を見つけるたび「ほら、ここ！」とか「見いつけたァ」と、ゆびをさしたり、しゃがみこんで見入ったりしました。

「エノコログサが、ほらきもちいい」

バァバがネコジャラシのほ先で、ほほをなでていました。

タァタがふりむくと、バァバは「ほらほら」といいながら、すばやくタァタのほっぺに、ネコジャラシをふるふるとすりつけました。

「やめて、やめて、くすぐったい！」

キャッキャキャッと笑《わら》いながらタァタがにげると、

「エノコロコロコロ、タァタがコロげる」

バァバも笑いながらおいかけます。

ニャア、ニュア、ニャオーン
草かげからネコがすうっと出てきました。

タァタの前を、ゆうゆうと歩いていきます。

「ネコちゃん、こっち、こっち」

タァタが呼《よ》びます。

「まあ、きれいなネコ！」

ネコの色も秋色で、空の雲のように、ふわふわの白色の中に、あかね色のようなまだらもようが浮《う》き上がって、絵にかいたように美しいネコでした。

あんまりゆうゆうと歩いていくので、タァタとバァバは、しばらく見とれていましたが、

「バァバ、ネコジャラシ、ネコジャラシ」

タァタは、バァバのもっているネコジャラシをつかむと、走りだしました。

「まって！　ネコちゃん」

エノコログサをふって、タァタはさけびました。

ネコは立ち止まって、ちらっとタァタを見ました。

「おいで、おいで」

タァタがねこなで声で呼びました。

ニャーン
ネコは、また音もたてずに歩いていきます。

ゆっくり歩いていくのに、なぜか、タァタは追いつけません。

バァバは道ぐろのエノコログサをぬいて、タァタといっしょにおいかけます。

しばらくネコとタァタとバァバの追いかけっこがつづきました。

田畑《たはた》がつきて、ひろい原っぱに出ました。ススキやオミナエシやハギが咲《さ》いています。ワレモコウもかわいいかおを風にゆらして、アキアカネがツイツイと飛《と》んでいきます。

白いネコは草原《くさはら》の中に入っていくと、ゆっくりかがんで、こちらを向いてすわりました。

タァタとバァバは、ちょっとひるんで立ちどまりました。

『ニャーン』

あくびをしたのか、ひとりごとなのか、ネコは目を細《ほそ》めて鳴きました。

「ネコちゃん、こんにちは」

タァタは、ぴょこりと頭を下げました。

「ネコちゃん、どこの子かしらねえ」

バァバも、ためいきをつくようにいいます。

「ネコジャラシであそぼうと思ったのに」

タァタがいったときです。

ニャア、ニャア、キュウ、キュウ
ネコが頭の上のなにかにじゃれるように、とびあがって、くるりくるりとまわりました。

ニャア、ニャア、フフン
ニャア、ニャア、フフフン

ネコは歌うように鳴きながらおどりつづけます。
まるでゴムマリのようにはずむかと思うと、長いリボンのようにのび上がり、空中でひらひらとまいました。
タァタとバァバは、あっけにとられて、見つめるばかりです。
タァタがわれにかえったように、ネコジャラシをふって歌いました。
♪エノコロコロコロ　くさのうえ
エノコロコロコロ　そらのなか
エノコロコロコロ　おどってる
バァバも、歌いながらおどります。
空が夕やけにそまって、金色にかがやき、じき、あかね色にかわり、タァタとバァバもネコといっしょに、夕やけにそまりながら、ふわり、ふわりとおどりつづけました。

カモさんおとおり

今日は、楽しいピクニック。

「バァバ、そうがんきょう持《も》った？　今日はバードウオッチングだもんね」

「タァタは小さいときから『かもさんおとおり』の絵本《え》が大すきだったわね」

ふたりはリュックの中に、おべんとうとおやつと水とうと、そうがんきょうを入れて、スキップしながら出かけました。

バスを降《お》りると、もうそこは赤や黄に着《き》かざった秋の高原《こうげん》でした。

「タァタのかおがまっ赤にそまってる」

岸《きし》べには、ヌルデやハゼノキが、まっ赤な葉をつけ、ススキやガマノホが少しかれ色になって、そよいでいました。

「わァ、いるいる。たくさんいるなァ」

タァタはそうがんきょうでのぞきます。

「ほんと、たくさんいるわ」

バァバもかんさつをはじめました。

「マガモ、ヨシガモ、オナガガモもいるわ」

「ねているのかなァ、静《しず》かに浮《う》いているね」

「ひるまねて、夜になると岸に上がって、えさをさがすのよ」

「あれ、水にもぐっているのもいる」

「魚や貝《かい》を食べるのもいるのよ。スズカモとか、ホシハジロとかね」

「きれいな羽《はね》のもいるね」

「カモのオスは、冬にかけて、羽の色がかわってきれいになるのよ」

ふたりはむちゅうです。

ぐわァん　ぐわァん　ぐわァん
ふとい声が空から落《お》ちてきました。

見上げると、大きな鳥のむれが一直線につらなって飛んできます。

ぐわァん　ぐわァん
みずうみに降りた鳥たちは、羽を大きく広げたり、かおを水につけたり、うれしそうに泳《およ》ぎまわりました。

「マガンだわ。北の国から渡《わた》ってきたのね」

「ぼく知ってる。カモより一月《ひとつき》おそく来て、一月早く帰《かえ》るんだよ」

「春を見すてて帰るカリガネって歌があるわ」

かかかっ　かかかっ
マガンのむれの中から、鳴きながらとんできた鳥があります。
『カリガネって、ぼくのことよんだ？』
「えっ、ええっ、よ、よんだわけじゃ……」
『きこえたよ、カリガネって。ぼくらはマガンといっしょにきたけど、カリガネはぼくで、マガンはあっち』
「そうかァ、にてるけど、しゅるいがちがうのかァ」
かかかっ、かかかっ
『わかったらいいよ』
「カモとガンもちがうのよね」
ぐわァん、ぐわァん
ぐわァん、ぐわァん
マガンのむれが、いっせいにとんで、向《む》こう岸《ぎし》に行きました。
かかかっ
『ぼくもひとやすみする』
カリガネもいそいで、おいかけま

した。

「なかよしなんだね」

タァタはそうがんきょうをのぞきながらいいました。

マガンのむれにおこされて、みずうみに浮いていた、たくさんのカモたちが動《うご》きだしました。

鳴きながら、こちらへ泳いできます。

ぐぇー、ぐぇーと、マガモ。

ほーい、ほーいと、ヨシガモ。

ぶるっ、ぶるっと、オナガガモ。

小さいカモが、水面《みなも》をすべるように飛《と》んできて、
くぇー、くぇーと、鳴きました。

ぴりっ　ぴりっ、と鳴き立てて、あとをおってきた鳥は、オーバーランでしょうとつ！　きれいな羽の、オスのコガモでした。

「コガモは、マガモより、ちっちゃくて、かわいいね」

たくさんのカモたちは、ぴょんぴょん岸にとび上がり、ひょこひょこしっぽをふって、歩いていきます。つぎからつぎにおしっくら。

カモたちは、てんでに草むらにかおをつっこんで、草の実《み》を食べます。

『どいて、どいて』

タァタとバァバは、おしだされてしまいました。それでもふたりは、わくわくしながら、カモさんおとおりに見とれていました。

ムギふんじゃった

きょねんの秋に、タァタとバァバは、サツマイモほりをしました。赤くて大きなおイモは、ストーブの上でやくと、あまくておいしいおやつです。

二月になって、豆《まめ》まきがすむと、ふたりはストーブのそばにいるより、外に出たくてなりません。

「このおイモの畑《はたけ》は、今、どうなっているのかなァ」

「たんけんしようか」

バァバはすぐに立ち上がりました。

「わァ、さむいや！」

外は風がふいて、春はとおくです。

タァタとバァバは、せなかをまるめて、いそいで歩きました。

「でもね、前より、明るくなっているわ」

「そうさ、お日さまが、どんどん近づいている」

「冬至《とうじ》から二か月もたってるから、日が長くなったのね」

「やっぱり、たんけんたいのきせつだね」

首をちぢめ、鼻《はな》をくしゅくしゅさせながら、それでも、ふたりは元気《げんき》に歩きます。

「わァ、きれい！」

サツマイモの畑は、見わたすかぎり、みどりのしましまもようにかわっていました。

「トラ年の畑だね」

「ほんと、みどりのトラさんね」

小高いところから見わたすと、てんてんと見えていた人かげは、なんとおサルさんたちでした。

サルたちは、うしろ足で立ち上がり、ひょいひょいとリズムをとりながら、畑の中で、よこ歩きしています。

「あらまあ、ムギふみしてるわ」

「おサルさんたちは、なんのためにムギふみをするの?」

「わからないわ。人間《にんげん》のまねかしら?」

「おーい、おサルさんたち、なにをしているの?」

タァタが大きい声でいいました。

サルたちは、よこ歩きをやめると、キョトンとしたかおをむけました。

『おもしろいからに、きまってる』

『そう、きまってる、きまってる』

サルたちはぴょんぴょんとびながら、またムギふみをつづけます。

「おもしろそう、ぼくたちもやろうよ」

「あんなにして、ムギがめちゃめちゃにならないかしら」

バァバも、しんぱいそうに、畑の中に入っていきました。

「すごい、きれいにふめてる」

「ねえバァバ、どうしてムギふみをするの?」

「ムギはね、秋にタネをまくと、二月の今ごろは、一〇センチくらいにのびて、このころにふんでおくと、根《ね》がじょうぶになって、いいムギがたくさんとれるのよ」

「ふまれても、おれないなんて、すごいね」

「なんでも、ぬくぬく、ひょろひょろじゃあ、元気にそだたないのよね」

「ぼくも、ふまれたほうが、いいってわけ?」

「ムギとタァタはちがうけど、まあ、そういうこと、かな」

『みんな、あつまれ。たいけんたいがくる』

大きいサルがさけびました。

キイキイ、キッキ、キッキと鳴きながら、たくさんのサルがあつまってきました。

とおくの道から、バスが二だい、とことこ走ってきます。

『たいけんたい、たいけんたい』

サルたちは口ぐちにさけびながら、どんどん、はんたいの方に走っていって、みるみるうちに、みんないなくなりました。

あっけにとられて見ているタァタとバァバの前にバスがとまると、中からたくさんの子ども

たちがおりてきました。
せんせいらしい人が、あいさつにきました。
「やあ、こんにちは。きょうは子どもたちのたいけんがくしゅうで、おせわになります」
わいわいはしゃいでいた子どもたちは、せんせいについて、ぎょうぎよくならぶと、ムギをふみはじめました。

♪ムギふんじゃった
ムギふんじゃった
ムギ　ふみ　ふみ　ふんじゃった

だれかが歌いだすと、みんなが合わせて歌います。タァタとバァバも、歌いながら、いっしょにムギふみです。

「ムギふみって、たんけんじゃなくて、たいけんなんだね」

タァタは、そっとバァバにいいました。

春風　ポポポ

ひなまつりがすむと、日ざしもあたたかくなって、たんけんたいのきせつです。

タァタとバァバは、外に出て遊《あそ》ぶことがおおくなりました。すこし足をのばして、田や畑《はたけ》のあるところまで、たんけんたいは出かけます。

きょうも、黄色いぼうしとピンクのポシェットは、なかよく風にふかれて歩きます。

「あったかいね」

「風があっても、きもちいいこと」

「ちょっとまえは、つめたかったのにね」

「きせつは、しらないまに、うごくのよ」

「かれ草の中に、緑《みどり》がたくさんまじっているね」

「いつのまにか、ちゃんと草も目をさますわ」

「あっ、花も咲《さ》いてる」

「タンポポだわ」

ふたりは、じめんにかがみこみました。

「茶色だから気がつかなかったけど、ほら、あっちにもこっちにも、ツクシが出てる」

ふたりはむちゅうで、ツクシをつみました。バァバのポシェットは、ぱんぱんです。

「バァバ、あそこのタンポポつんでいい?」

「しるが出るから気をつけてね」

タァタは、かれ草の中で、金色に光って咲いているタンポポを、そっとつまんでつみました。もう一本に手をのばしたときです。

『ちょっと、やめて！　ポポポ！』

かんだかい声がひびきました。

タァタは、おもわず手をひっこめました。バァバもおどろいて、ふりむきました。

「タンポポの中に、なにかいるよ」

花の中から、黄色いぼうしをかぶった小人《こびと》が、つんつんとかおを出しました。ちょっと、おこりがおです。

『せっかくねてたのに、なにかよう？』

「えっ、ううん、べつに……」

「あなたたちが、おひるねしてるって、しらなかったのよ。ごめんなさいね」

バァバはおちついて、あやまりました。

「きみたち、だあれ？」

タァタもすこしあんしんして、ききました。

『だから、タンポポのせい、ポポポ』

『おひるねしてるまに、花の中で、ポポポ、おおきくなって、ポポポ』

『たねになって、よそにとんでいくの』

小人たちは、口ぐちに、ポポポ、ポポポとかわいい声でいいました。

『きみのつんだ花の中にも、なかまがいるのに、ポポポ……』

タァタはいそいで、さっきのタンポポを、もちあげました。

「そうだわ、タンポポって、はなびらのひとつひとつが、ひとつの花なのよ。タァタ、そっとぬいてみて」

タァタはハンカチの上に、はなびらをとっては、並《なら》べました。

はなびらには、ひとつずつ、はなびらのさきに、じょうごのようなふくろがついていて、中にめしべがひとつずつ入っています。じょうごのつけねに、ひげもついていました。

ひとつずつぬいていくと、じょうごの中から、あわてて小人がかおを出しました。

「ごめんね。おひるねしてるの、しらなかったの」

タァタは、はなびらをつまんでは、小人をそっと、ほかのタンポポにうつしていきました。

たくさんの花があつまって、ひとつのタンポポの花になっていることが、とてもよくわかりました。

『ぼくらはもうじき、わたげのたねの中に入って、とおくへとんでいくんだ』

「ああ、またそこで、めを出すんだね」

「たいへんな、おしごとをするのね」

『なかまがふえるの、たのしい、ポポポ』

小人たちは、口ぐちにさけびました。
『じゃあ、しばらくおやすみ、ポポポ』
あっというまに、黄色いぼうしの小人たちは、タンポポの中に、きえてしまいました。タァタとバァバは、ぽかんとして、見つめるばかりでした。
かれ草の中の、あちこちで、光るように咲くタンポポの花は、ポポポと歌うように、春風の中にゆれています。

パクパク　パクリ

「バァバ、たいへん！　きんぎょが水面《すいめん》に口を出してパクパクしている」

「まあたいへん。さんそぶそくになったのね。はなあげさせちゃって、ごめんなさいね」

「水面にかおを出してパクパクしているの『はなあげ』っていうんだね」

タァタには、めずらしいことばでした。

「えさをまいても、水面にかおを出すけどね」

「ぼく、えさやり大すきさ。きんぎょが口を出して、とってもじょうずに食べるんだよ」

バァバは、いつもなら、前の日に水をくみおきしておくのですが、きょうはハイポをゆでとかして入れました。水のおんども、水そうと同じにします。

「わァ、きんぎょさん、うれしそう」

「タァタが見つけてくれてよかったわ」

「さむいときは、えさも食べずにじっとしているから、水かえしないもんね」

「ほら、その水草《みずくさ》のかげに、小さい黒いきんぎょがいるでしょ」

「しってるよ。五月ごろにはもっとちっちゃかったんだよ。六月になって、ずいぶん大きくなったなァ」

「七月ごろには、赤くなってくるわよ」

「へえ、赤くなるんだァ」

「ワキンの赤ちゃんよ」

「えーと、サンショクデメキンでしょ、リュウキンにクロデメキン。ずいぶんしゅるいがふえたよね」

タァタとバァバは、水そうの前でたのしそうに時間《じかん》のたつのをわすれています。

「ねえねえ、はっけん！ 大はっけんだよ。およぎかたにもしゅるいがあるんだ」

「どれどれ、どういうふうに？」

「そこのワキンは、とってもゆっくり泳《およ》いでいるでしょ。ゆっくりのときは、むなびれを動《うご》かすんだ。あのしっぽの長いリュウキン見て、ちょうスピードで泳いでいるでしょ。そういうときは、尾《お》ひれをつかって、からだをくねくねさせて泳ぐんだよ」

「へえ、すごい。タァタのかんさつも、ちょういっきゅうね」

タァタとバァバは、水そうにかおを

くっつけるようにして大こうふんです。

いちばん大きなワキンが、すうっと近づいてきました。

と、金色のうろこが、ぱあっとひらいたとおもったとたん、ふたりは、うろこにすいとられるように、水そうの中に入っていきました。

タァタとバァバは、あっぷあっぷしながら水面にかおを出してバシャバシャ泳ぎます。

「タァタ、水草にかくれて！　きんぎょさんがえさとまちがえて食べてしまうわ」

バァバのことばがおわらないうちに、ふたりは、あっというまにリュウキンのおなかにすいこまれてしまいました。

「たいへんだ、どうしよう」

「あっちに、ぼんやり光が見えるわ。きっと口よ。口にむかって、はやく泳ぐのよ」

タァタとバァバは、ひっしに光にむかって泳ぎます。だんだん、からだの力がぬけていくような気がしました。

「力が入らないわ。とけちゃうのかしら」

「しっかりして！　バァバ、もうすぐ口だよ。あそこからにげるんだ」

そのときです。口のほうから、ザザッとながれこんできたものがあります。

「わッ、どしゃだっ！　砂《すな》が入ってきた」

ふたりは、きんぎょのおなかのおくへ、おしもどされてしまいました。

「きんぎょは、えさを砂ごとのみこむのよ」

ごろごろざっざっ、大きな音がして、きんぎょのおなかの中がミキサーのようにまわります。

「わァ」

「ひゃあ！」

ふたりのひめいが、ミキサーの中からひびきます。
とたん、ドドドッ、砂といっしょに、ふたりはきんぎょの口から、水そうの砂の上にころがり出ました。
ゆったり、ワキンがちかづいてきて、むなびれをふるふるとふるると、ふたりはいつのまにか水そうの外に出て、なにもなかったように、水そうをのぞきこんでいます。
きんぎょたちは、たのしそうに泳ぎまわり、ときどき、えさといっしょにのみこんだ砂を、かわいい口から出したりしていました。

ぐるぐる　めいろ

タァタとバァバは、ひまわり畑《ばたけ》にきました。

見わたすかぎり、黄色いひまわりが、タァタのせたけより高く、大きなかおをお日さまに向けて、ゆったりゆれています。

「ここは、めいろになっているから、タァタまいごにならないでね」

「バァバが、ひまわり畑をたんけんしましょって、いったくせに」

「そりゃそうだけど、あんまりひろくてなんだかしんぱいになっちゃったわ」

ひまわり畑には、たくさんの家《か》ぞくが、あそびにきていて、ボランティアで、子どもたちをしどうしたり、あんぜんを見まもったりする人もいます。

子どもは、畑の中に入ると、見えなくなるので、長い竹の先に、三角《さんかく》のはたがついている、めじるしをもらって、めいろのたんけんにしゅっぱつします。

「バァバ、早く早く、ここが入口だよ」

『出口』と、大きく書いたポールが、とおくに、何本も立っています。

「中に入ると、ポールが見えないよ。バァバわかる?」

「たくさんあるわ。どこかへ出られるわよね」

バァバは、まだしんぱいそうにいいました。ふたりは、まがりかどに出るたびに、右に行こうか、左に行こうかとまよいました。

「今日のたんけんは、タァタにおまかせ」と、バァバがいうので、タァタは、はたをかかげて、さっさと歩いていきました。

「ちょっと、ちょっとォ、タァタ、どこ？」

うしろを向くと、バァバの声《こえ》はきこえても、すがたが見えません。タァタはいそいでひきかえしました。

「バァバァ！　どこにいるのォ」

「ここよォ、タァタ、ここよォ」

バァバの声が、どんどん、とおざかります。

「まって、バァバ、どこにいるのォ」

タァタは、あっちの角《かど》、こっちの角、角に出るたび、右に左にまがっては、バァバの声のする方に、はたをふりつづけました。

せのたかいひまわりは、しゃがむと、とおくまですけて見えます。タァタはひっしに、目をこらして、人かげを見つけようと、しゃがみこみました。

いろんな人かげがうごいていて、畑の中は人声《ひとごえ》でにぎやかですが、バァバは見つかりません。

そのうち、バァバの声もきこえなくなりました。

そのときです。

『こっち、こっち、タァタ、こっちよ』

小さな女の子でした。

「ええっ、きみ、どうして、ぼくのこと、しってるの？」

『いいから、こっち』

女の子は、ひまわり畑につけられた道をはずれて、ひまわりの中に入っていきます。タァタも、つられて入っていきました。

女の子は、いっぱいのひまわりの中を、すいすい、およぐように歩いていきます。

いままで畑の中は、林のようにうすぐらかったのに、女の子のまわりは、お日さまがあたったように、明るくかがやいていました。タァタは、まよわず、女の子のあとについていくことができました。

「ねえ、きみは、だれ？　ぼく、バァバをさがしてるんだけど……」

『フフフフ、フフフフ』

女の子は、両手《りょうて》をあげて、くるくるまわりながら、明るい声で、わらいました。

「あれっ!?」

タァタは、目をみはりました。女の子が、かたからぶらさげているピンクのポシェットは、いつもバァバがさげている、ピンクのポシェットとそっくりだったからです。

「きみ、そのポシェット、まえから、きみのものなの？」

『フフフフ、フフフフ』

　女の子は、うれしそうにわらうばかりです。

「ねえ、そのポシェット、ひろったんじゃない？　バァバのポシェットでしょ」

　タァタが、女の子にさわろうとしたときです。

　黄色いひまわりが、うずをまくように女の子をかこんで、ひゅうっと走りだして、そのあとに、道がどんどんできていきました。

　その先に、ゴールのポールが立っていて、ピンクのポシェットをぶらさげたバァバの、しょんぼりしたすがたが見えました。

「あっ、バァバだ！　タァタはここだよォ」

　タァタは、はたを大きくふりました。

思い草　ふわふわ

「すずしい風が吹《ふ》くようになったわ」

バァバのすわっている、えんがわのきで、ふうりんが夏の思い出のように鳴っています。

夏休みもおわり、学校のマイクが運動会《うんどうかい》のれんしゅうの声《こえ》を運《はこ》んできました。

タァタとバァバも、すずしい風にさそわれて、たんけんに出かけます。

「このていぼうは、ススキがみごとね。今ではめずらしいけしきだわ」

「穂《ほ》が銀色《ぎんいろ》にかがやいて、きれいだねェ」

「ひと月もすると、穂は白くなってしまうけど、今、ちょうど見ごろね」

「あっ、ぼく、風を見つけた」

「ほんと、さあっと吹いてきた風が、つぎつぎにススキの穂を、わたっていくわ」

「風って、やっぱり、見えるんだね」

「タァタ、きょうも大発見《だいはっけん》したわね」

きもちのいい秋の風が、自分たちのまわりで、うれしそうにおどっているように思われました。

♪だれが、風を見たでしょう
　ぼくもあなたも　見やしない
　けれど　木の葉を　ふるわせて

風は　通りぬけていく

タァタとバァバは、ススキの中を歩きながら歌います。

「あれっ、バァバ、あそこに、なにかいるよ」

タァタのゆびさすところに、ピンク色の動《うご》くものが、たくさん、ススキの穂につかまってゆれています。

ちかづくと、それはピンクのボウシと、ピンクの服《ふく》と、ピンクのくつをはいた小人《こびと》たちでした。

「きみたちだあれ。どこから来たの」

タァタは、やさしい声でききました。

小人たちが、あんまりかわいくて、楽しそうだったからです。

『ぼくたち』

『わたしたち』

小人は、すきとおった声で、口ぐちにいいました。

『ナンバンギセルの子ども』

『ふふ、ナンバンギセル、しってる?』

ピンクの小人たちは、ゆれるススキの穂にふわりつかまりながら、歌うようにいいました。

「ああ、ここに、ナンバンギゼルが咲《さ》いているわ」

バァバはススキの根《ね》もとにしゃがみこんでいいました。

「ナンバンギセルって？」

「ほら、タァタ見て、これがそうよ」

「へえ、かわいいね」

「ナンバンギセルはね、自分で土の中に根をおろして咲けないのよ。ススキの根にくっついて、えいようをもらって、咲くの」

「ぼく知ってるよ。キセイショクブツでしょ」

「でも、ナンバンギセルって、かわいいけど、ちょっとかっこうがへんね」

『へんて？　へんて』

『ちょっとへんて、どうして、どうして？』

ピンクの小人は、口ぐちにいいます。

「ほら、きみたち、どうしてってきくとき、くびをまよこにするだろう。そのかたちとおんなじ花のかたちが、ちょっとおかしいよ」

タァタはわらいながら、くびをかしげました。タァタのくびは、ななめにしかかたむきませんが、小人たちはまよこにかたむきます。

「ふふふ、たしかにね。へんじゃないけど、かわいいわ。そうだ、たしかナンバンギセルって、くびをよこにかしげて咲くので、思い草っていうのよね」

「へえ、かんがえてるみたいだもんね」

『おもいぐさ、おもいぐさ』

『ふふ、かんがえてる、かんがえてる』

また小人たちは、口ぐちにさけびます。

『さあ、さあ、ねっこに入らなきゃ』

『いそいで、いそいで、入らなきゃ』

小人たちは、ピンクの服をふくらませて、ふわふわと風に乗《の》って、とんでいきます。

とてもたくさんで、とてもきれいでした。

「おおい、どこまでいくの」

小人たちは、くるくるまわったり、すいすいおよいだり、ススキの上をとんでいきます。

そして、ふわりふわり、すべるように、ススキの中に消えていきました。

「来年の秋にまたここに来ると、小人たちがかわいい花になって、咲いているよね」

もみじが山もり

タァタとバァバは、もみじがりに来ました。

お茶わんに山もりにごはんをもったような丸いかたちの山が、まっ赤に紅葉《こうよう》してそれはきれいです。

「もみじがりの人でいっぱいだね」

タァタとバァバは、見物《けんぶつ》の人におされるように歩いていきました。

山のすそを流《なが》れる川には、大きな白い石がかいだんやゆかのようにかさなって、その間をきれいな水が流れています。

川にかかった赤い橋《はし》がすてきです。橋の上にも人々がおしあうように歩いていました。

「それにしても、みごとねえ」

バァバは川岸《かわぎし》から、赤くそまった山をながめて、うっとりしています。

「ひとつの山だけ山もりのもみじって、めずらしいよね」

「おべんとうにしましょうか」

「そうだ、ぼく、おなかぺこぺこ」

タァタとバァバは、白い石がイスのかわりをしているような川原《かわら》へおりていきました。

じゅうばこにつめたおべんとうのおいしいこと。タァタはむちゅうで食べました。

「この山のもみじのことしってる?」

バァバが話をはじめたときです。タァタと同じくらいの男の子が、妹らしい女の子と手をつないで、石の上をひょいひょいとびながらそばに来ました。

女の子が、ちょうどタァタのつまんだたまごやきを見ていいました。

『あたしも食べたい』

『よその人のものをほしがってはだめ』

男の子は、少しはずかしそうにいいました。

『ほしいもん』

女の子は、べそをかきながらいいます。

「ああたべて。バァバのたまごやきは、とくべつおいしいんだよ」

タァタがじゅうばこごとさしだすと、女の子はにこっとして、手をのばして、たまごやきをつまみました。

『おにいちゃんにも、いい？』

「どうぞどうぞ、たくさんあるわよ」

男の子と女の子は、おにぎりももらってうれしそうに食べています。

子どもはちょっとかわったかっこうをしていました。白いつつそでの上衣《うわぎ》に、男の子は茶色、女の子は赤いハカマのようなズボンをはいて、頭の上に、ウサギのような二枚《にまい》のはねのついたぼうしをかぶっています。

「あなたたち、どこから来たの?」

「ちかくの子なの?」

男の子と女の子は、首をかしげました。

「おうちの人とはぐれたの?」

「みんながしんぱいしているかもしれないよ」

タァタもしんぱいになっていいました。

『だいじょうぶ。ぼくらふたりだけで、へいきだよ』

『おにいちゃん、もうかえろう』

女の子がすこしさびしそうにいいま

した。

「おうちの人がいるところまで、おくっていくわ」

バァバもいそいでおべんとうをもって、立ち上がりました。

男の子と女の子は、来たときと同じように、ひょいひょいと石の上をとぶように歩きます。

「まってよォ。そんなにいそぐとあぶないよ」

タァタとバァバはひっしにおいかけます。

いつのまにか、もみじの山の中に入っていました。あんなにまっかに光っていた山も、中はうす暗《ぐら》く、とても寒《さむ》くかんじます。

「どこへ行くのかしら」

タァタとバァバが、子どもたちを見うしないそうになったときです。

きゅうに森からぬけて、お日さまがあたたかくさすところに出ました。

おどろいているふたりの前を、木のなえをかついだお坊《ぼう》さまが歩いていきます。

そのうしろから、いつのまにか、さっきの男の子と女の子が、ひょいひょいとついていきます。タァタとバァバのことはわすれたように、ふりかえりもしません。

木がまばらなところをえらんで、お坊さまがよいしょとあなをほると、うれしそうに子どもたちが木をうえていきます。　どれほどの時《とき》がたったのでしょう。いつのまにかたくさんのなえ木がうえられ、小さな木はせのびするようにゆれています。

「こうして山は、もみじでいっぱいになったのね」

「あの子たちのぼうし、もみじのたねににてるよね」

タァタは大はっけんをしたようにいいました。

それぞれ　じゅんばん

立春《りっしゅん》が過ぎて、日ざしが明るくなり、春めいたあたたかな日がつづきます。

タァタとバァバの冬ごもりも、おしまいに近づきました。

「そろそろ、たんけんたいのしゅっぱつだね」

「風のない日は、外の方があたたかいかもね」

バァバは、こたつの中から、のび上がるようにして外を見ました。

「さあ、早く出かけようよ」

タァタにひっぱられながら、どっこいしょ、とバァバも立ち上がりました。

外は元気《げんき》なお日さまが光っていて、とてもあたたかです。ふたりは、ふんわりしてきた土の上を歩きました。それでも、かげになったところの道は、さくっ、さくっと音がして、まだ霜《しも》がとけていないようです。

「冬と春が同居《どうきょ》しているわね」

「冬来たりなば春遠《とお》からじ、でしょ。それにもう立春なんだからさ」

道の草はかれ色ですが、立木《たちき》の色はかすんだようなやわらかい色にかわっています。ろう梅《ばい》は満開《まんかい》ですし、ちらほら梅《うめ》の花も咲《さ》いています。

「やっぱり、春が来ているわね。自然《しぜん》はえらい」

やっとバァバも元気が出てきました。

げェーい　げェーい
「あっ、あの声はオナガだ！」

タァタがうれしそうにいいました。

「庭《にわ》にえさ台《だい》を作ったら、よく食べに来たでしょ。あの声は、ぜったいオナガだよ」

「そうね。ブルーの長いシッポが、きれいな鳥だわ」

「あっ、あんな高いところにいる！」

「まあ、むれになってるわ。この木は、オナガのアパートね」

「こんなところに住《す》んでいたのかァ。早くえさ台をつくらなくっちゃね」

タァタとバァバは大よろこびで、木の上の鳥たちをかんさつしました。

オナガは小さい鳥ですが、まあるいかおに、ちょこんと黒いぼうしをかぶって、おなかはクリーム色で、羽はうす茶とブルーにわかれ、長いシッポも、きれいなブルーです。

げェーい、と鳴く声は力があって、

スズメやウグイスのように、かわいい声ではありません。虫や木の実《み》を食べますが、タァタの作ったえさ台にもよくきて、ミカンやリンゴをつつきます。

♪げェーい

ひときわ大きな声で鳴きながら、一羽《いちわ》のオナガが、ひらりと飛《と》んで、タァタとバァバの目の前の枝《えだ》に止りました。

『げェーい、げェーい、こっち、こっち』

「なにかいってるよ」

タァタがバァバにいったとたん、ふたりの体は、ふわりとまい上がり、ワァーという声といっしょに、木の上に飛びのっていました。

『げェーい、はやく、はやく、のってよ』

タァタとバァバは、いそいでオナガのせなかによじのぼってしがみつきました。

オナガは、すうっと木の上に飛んでいってこずえの先に止《とま》りました。

大きな木の中には、あちこちに小枝《こえだ》で作った巣《す》があって、やっぱりこの木は、オナガたちのアパートでした。

巣の中にはヒナがいました。ひよひよと、小さい声で鳴きながら動《うご》いています。ばたばたと羽音《はおと》がして、一羽のオナガが飛んできて、巣の中にすわって、大きな口を開《あ》けてのび上がったヒナの口の中にえさをおしこむと、また、そそくさと羽をひろげて、どこかへ飛んでいきました。

たくさんの巣で、同じようなことがおこなわれています。

『げェーい、いそがしい、いそがしい』

「まだ寒《さむ》いのに、もう子育《こそだ》てなんだね」

「冬ごもりの虫が出るケイチツって、三月初《はじ》めだけど、それより早くに大《たい》変《へん》ね」

「やっぱり、早くえさ台を作らなくっちゃね」

『げェーい、ちいさいぼくらは、はやく、はやくだよ。いそがしい、いそがしい』

「早く飛べるツバメや、大きいカラスより前にね。それぞれ、いろいろ考えているんだ」

「大きなめぐりの中で、それぞれチエを持《も》って生きているのよね」

げェーい　げェーい

オナガは大きな声で鳴くと、いつのまにかタァタとバァバは、木の下にいて、鳥のむれを見上げていました。

ペンペンくるり

「おひがんさまのよもぎをつみにいくわよ」

バァバにさそわれて、タァタは大よろこび。黄色のぼうしをかぶってとびだしました。

「春だねえ。お日さまがあついくらいだよ」

「あつささむさも、ひがんまでよ」

バァバもうれしそうに、ピンクのポシェットをたたきます。

野原《のはら》はいつのまにか若草《わかくさ》色に変《かわ》っていて、春のかおりがいっぱいです。

「バァバ、よもぎがこんなにのびてるよ」

タァタは、去年《きょねん》もつみにきたので、おなじみです。さっそくしゃがんで、やわらかそうな葉をえらんでつみました。

鼻《はな》につけると、ほんとうにいいにおい。バァバのつくるよもぎもちのにおいです。

あっちに走り、こっちにしゃがんで、タァタとバァバは、かごいっぱいのよもぎをつみました。

野原には、よもぎのほかにも、かぞえきれないほどの、いろいろな草がはえています。白やむらさきのかわいい花をつけている草や、タンポポなども、たくさんしゅるいがあって、黄色の花がお日さまに向かって、長い首をのばしています。ゴギョウ、ハコベラ、ホトケノザ、中でもせの高い草を見つけて、タァタは近づきました。

「ああ、ペンペン草だ」

ペンペン草ょ春の七草《ななくさ》のひとつで「なずな」という草だと、タァタは知っています。

タンポポににた葉っぱから、長いくきがのびて、先の方には、たがいちがいに手がついて、その先に三角《さんかく》のバチがついています。

「日本のがっきのシャミセンを、ペペンペンペンとひくときつかう、バチににているので、ペンペン草というのよ」と、去年バァバが、おしえてくれました。

タァタがバチに手をのばしたときです。

『とっちゃ、だめ、だめ』

ペンペンとはずんだ声がきこえました。

「ええっ」

びっくりしてタァタは手をひっこめました。

『バランス、くずれちゃう』

「えぇっ」

よくみると、つんつん出ているとっきに、みどり色の小さい子どもたちが、こしかけたり、ぶらさがったりしています。

くるり、くるりと、てつぼうのようにまわっている子もいます。

「ああ、てつぼううまいんだなァ」

タァタが、かんしんしていいました。

『てつぼう、てつぼう、フフフフ』

『やさしい、やさしい、まえまわり』

『とくいさ、とくいさ、さかあがり』

「さかあがりもできるの？」

タァタがびっくりしてさけんだときです。ヒュウと音がして、タァタは、ペンペン草の三角のバチに、のっていました。

『ぶら、ぶら、ぶらさがり』

『くるくる、まえまわり』

『ヒュウッ、ヒュウッ、さかあがり』

『たのしい、たのしい、フフフフ』

みどり色の子どもたちは、口ぐちにさけびながら、てつぼうのようにあそびます。

『はやく、はやく、まわれ』

「ええっ、ぼく、てつぼうにがてなの」

タァタがなきべそをかいたときです。いつのまにかバァバが、一つ上のトッキにぶらさがって、さけんでいました。

「タァタ、しっかり！　くるくるまえまわり」

みどり色の子どもたちの口まねをしているみたいです。

「それッ」

タァタは、とっきにしがみつくと、ぐっとうでに力を入れて、からだをおこしました。

「まわれッ」

タァタは、じぶんの声にはげまされて、えいっと、からだをまえにたおしました。

『わぁい、くるり、くるり、わぁい』

子どもたちが口ぐちにさけんで、手をたたきました。

「えいッ」

タァタは、トッキにぶらさがると、空にむかっておもいきり足をけりあげました。

『ひゅうっ、さかあがり、できた、できた』

また子どもたちは、手をたたいて大よろこび。タァタは、はじめてできたさかあがりに、びっくりして、声も出ません。

「もうだいじょうぶ。タァタやったわね」

バァバも、くるりとまえまわりをしながらいいました。

おいのりしました

梅雨《つゆ》入り前の、どんよりとしたお天気で、タァタは元気《げんき》がありません。

「たんけんたいがしゅっぱつしたとたん、雨になるのかなァ」

「そうねェ、ふりそうでふらない日ばっかり」

バァバは、せんたくものを外に出そうか、まよっています。

「つまんないなァ。せっかく遊《あそ》びに来たのに。レインコートをきて出かけようよ」

やっぱりふたりは、出かけました。

青葉がどんどんこくなって、ムクゲやウツギの白い花が、庭《にわ》に咲《さ》いているのが見えます。

「やっぱり外はきもちがいいね」

「春とはちがうお花が咲いて、楽しいわ」

町はずれの神社《じんじゃ》に、ふたりは入っていきます。おまいりをすませて、大きな木が、くらい森をつくっている中に入っていきました。

「コケが美しいこと」

「外から見るとくらいけど、中は明るいね」

「コケは水とお日さまが大すきよ」

ふたりは、木や草のいいにおいにつつまれて、しんこきゅうしました。

「あれっ、あの土がもり上がっているところに、とびらがあるよ」

「ぼうくうごうだわ、家の庭にもぼうくうごうがあったのよ」

「戦《せん》そうがあって、空《くう》しゅうがあって、地しんがあって……。たいへんだったんでしょ」

「バァバは子どもだったから……。バァバのお父さんやお母さんは、死《し》にものぐるいで生きていたのよ。あのころは」

「バァバのお父さんは、ほんとうに死んじゃったんだよね」

「そう、戦死《せんし》したのよ」

「バァバは、お母さんとふたりになっちゃったんだ」

「そうじゃないわ。家にはおじいちゃん、おばあちゃん、お父さんの弟や妹もいて、大家ぞくだったのよ」

「今はひとりぼっちだけど、昔はにぎやかだったんだね」

「そうね。家の中まで、戦そうみたいだったかな」

「それに空しゅうもあって」

「そんなとき、大地しんが起《お》きたのよ。昭和《しょうわ》十九年十二月と二十年一月の二回。この冬は大雪でね。雪の中で、みんなムシロの上にかたまってすわってていたの。大きなよしんが、ひっきりなしにきて、家に入って着《き》るものを持《も》ってくることもできなかったのよ」

「ちっちゃかったのに、おぼえているの？」

「いろんなことは、あとからきいたことだけど、寒《さむ》かったことや、そのあと何十年も、地しんのたびに外へとび出すくせがついたわ」

「あわてて出ちゃだめだよね」

「わかってても……。トラウマかな」

「トラウマって？」

「心のきずっていうのかしら。なかなかやっかいなものよ。でもだんだんうすれてたのに」

バァバのかおがくもりました。

「ああ、思い出しちゃったんだね」

タァタは小さい声でいいました。

「そう、今年の三月十一日の、東日本《ひがしにほん》大しんさい。大変《たいへん》なことが起こってしまった」

「昭和二十年から、どれだけたったの？」

「六十六年になるわ。あのときも、たくさんの人が死んだの。集《しゅう》だんそかいしていた子どもたちがみんな死んだりね。でも、あの時はつなみも原発《げんぱつ》もなかったから。こんどの地しんは、そうぞうもつかない……」

「バァバのころは、ひなん小屋《ごや》作ってたんだね」

「わらでかこって。はたらきもののおばあさんは、小屋の雪おろしで、足がとうしょうになっ

て、ずっとあとまで痛《いた》かったと思うわ」

「思う……って？」

「くるしいっていわない人だったの」

バァバの目になみだがたまって落《お》ちました。

「だまっているって、もっとくるしくなるんだよね。ぼくだってわかるもん」

「そうよね。だまってこらえているのはだめね」

「東北《とうほく》には、いっぱいみんなが行っているよ。外国からもたすけに来てるって。いっぱい話ができるといいね」

ふたりは、もういちど神《かみ》さまにおいのりをして、たんけんをおしまいにしました。

生きていくんだね

梅雨《つゆ》があけて、まぶしいお日さまが照《て》りつける日がつづき、セミの声もずいぶんにぎやかになりました。

「クマゼミやアブラゼミが庭中《にわじゅう》にいるみたい」

「鳴きつくし、鳴きあかし、一週間《いっしゅうかん》の命《いのち》よ」

バァバがいとおしそうにいいました。

「ねえバァバ、ぼくが小さいころ、ほら、タァタとバァバのたんけんたいにはじめて出かけて、セミさんのあなにおっこっちゃったことあったでしょ」

「そうそう、あのセミさんのよう虫《ちゅう》は〝五れい〟めの最後《さいご》の二年をあのあなの中にいて、外に出るまぎわの〝どんこ〟だったわ」

「あの年に出たセミが、一週間で卵《たまご》をうんでもう何回めになるのかなア」

「七年も土の中にいて、子どもと代《だい》がわりするのよね。今年あたりが、タァタのいうように、孫《まご》ゼミが鳴いているのかもね」

「さあ早く！　たんけんたいのしゅっぱつだよ」

タァタは黄色のぼうしをかぶり、バァバのピンクのポシェットをふりまわしました。

庭《にわ》の木は、冬にはすっかり葉を落《お》としていますが、春にもえ出た若葉《わかば》が、今は大きくこい色にかわって、もり上がるようにしげっています。

木の中からわくように、シャアシャア、ジャアジャアと、セミの鳴き声が降《ふ》ってきます。

タァタとバァバは、木かげの小さいベンチにこしかけて、セミの大合唱《だいがっしょう》を聞きました。なんだか、とてもなつかしい気がします。

「セミの声って、うるさいほど大きな声なのに、こうしていると、夏だァって思うよね」

「ふふ、夏よね。そうよねえ、思いっきり鳴く声は、とてもとうめいにすんで、コマがまわっているかんじね」

ふたりが遠《とお》くを見るように、目をほそめたときです。一しゅん、ぴたっと声がやんで、一匹のクマゼミが、すきとおった羽を光らせてとんできました。あとから、もう一匹つづきます。

「ええっ！　なにこれ！」

一匹一匹と、どんどんつづいて、見えないクサリにつながれたように、クマゼミが輪《わ》になって、ふたりのまわりをとんでいきます。

そのとき、ひときわ大きなクマゼミが、キリキリまうように降《お》りてきて、あっというまに、タァタとバァバをせなかにのせてとびあがりました。

庭中を、輪になったセミたちがとびます。青い空はどこまでもすんで、まぶしいお日さまが、庭の木や草花に、光をおくっています。

『ここがてんごくです』

「地上が天国《てんごく》って?」

『いのちがつづく、いのちをつなげる』

「ここは、小さい庭だけど、木も大きくなって、いろんな生きものがいるわね」

『みんな、つながって、みんな、ささえあって、いのちはつながっていく』

「セミさんも、木の根《ね》っこから、ようぶんをもらって、大きくなって出てきたんだよね」

『木も、いきもののようぶんをもらって、大きくなるのです』

「まわって、つながっているのよね」

「ひとつもかけないようにしなくちゃね」

『てんごくは、かけたもののないせかいです』

♪ミミズだって　オケラだって　アメンボだって
みんな　みんな
生きているんだ　ともだちなんだァ
タァタは大きい声で歌いました。それにあわせるように、セミたちがくるくるまわりながら空にきえていくと、ふたりはまた、木かげのベンチにすわっていました。

『シャア、シャア、シャア、シャア』

『シャア、シャア、シャア』

セミたちの大きな声がきこえてきます。

「さっきのセミさんたち、やっぱり、前に会ったドンコのマゴだったんじゃないかァ」

タァタはなつかしそうにいいました。

「そうかもね。どっちにしても、つながっているのよ。いのちはつながっていくのよ」

「セミさんだけじゃないんだよね」

タァタは、バァバといっぱいたんけんしたことを思い出しました。

小学二年生になったタァタは、今までみたいに、バァバのところに来られないのを、ちょっぴりさびしく思いました。

♪みんな　みんな
　生きているんだ　友だちなんだァ
タァタとバァバは、セミにまけない大きな声で歌いました。

あとがき

孫のタァタが三歳の頃、岡崎ホームニュースに童話の連載のお話をいただきました。編集者の神谷英樹様にお世話になり、一年くらいのつもりが十年余になりました。只今、タァタは十九歳の青年になりました。

拙い童話ですが本にまとめることにして、アトリエ出版企画の永島卓様のご紹介で、（株）れんが書房新社の鈴木誠様が、本にして下さいました。

連載の頃より、暖かい挿絵を描いて下さった牧野照美様にも大変お世話になりました。

様々な力が集まって本になりました。

心より御礼申し上げます。

そして本は、読者に渡ってはじめて完成します。沢山の子供たちが手にとって下さいますように。

二〇一五年 十月

小林玲子

小林　玲子（こばやし・れいこ）

愛知県碧南市に育つ。愛知県西尾市在住。
作品『西尾の民話』（共著）
　　『サケの子ピッチ』
　　『白いブーツの子犬』
　　『海辺のそよ風』（中経新聞コラム集）
　　『みぐりちゃんのおうち』（ミュージカル脚本）
　　その他

牧野　照美（まきの・てるみ）

岐阜県瑞浪市に生まれる。愛知県西尾市在住。
建築士の資格を持つ。
作品『はずの民話』『むかしむかしはずの里』（絵と文。共著）
　　『消えたクロ』（絵本。牧野・絵、小林・文）
　　『幡豆町史』の編集を担当。

タァタとバァバのたんけんたい３

2015年12月25日　初版発行

＊

著　者——小林玲子
挿絵・装画——牧野照美
装　丁——狭山トオル
組　版——マートル舎
制作協力——永島　卓〈アトリエ出版企画〉
発行者——鈴木　誠
発行所——（株）れんが書房新社
〒160-0008　東京都新宿区三栄町10　日鉄四谷コーポ106
電話03-3358-7531　FAX03-3358-7532　振替00170-4-130349
印刷・製本——モリモト印刷＋新晃社

　本体1,000円